Um conto de Halloween
O CORAÇÃO DA FARAÓ

Editora Appris Ltda.
1.ª Edição - Copyright© 2023 dos autores
Direitos de Edição Reservados à Editora Appris Ltda.

Nenhuma parte desta obra poderá ser utilizada indevidamente, sem estar de acordo com a Lei nº 9.610/98. Se incorreções forem encontradas, serão de exclusiva responsabilidade de seus organizadores. Foi realizado o Depósito Legal na Fundação Biblioteca Nacional, de acordo com as Leis nos 10.994, de 14/12/2004, e 12.192, de 14/01/2010.

Catalogação na Fonte
Elaborado por: Josefina A. S. Guedes
Bibliotecária CRB 9/870

E747c
2023

Escorsin, Frederico
   Um conto de halloween : o coração da Faraó / Frederico Escorsin.
   – 1. ed. – Curitiba : Appris, 2023.
   91 p. ; 21 cm.

ISBN 978-65-250-4330-2

1. Contos brasileiros. 2. Halloween. 3. Faraós. 4. Coração.
I. Título.

CDD – B869.3

Livro de acordo com a normalização técnica da ABNT

Appris
editora

Editora e Livraria Appris Ltda.
Av. Manoel Ribas, 2265 – Mercês
Curitiba/PR – CEP: 80810-002
Tel. (41) 3156 - 4731
www.editoraappris.com.br

Printed in Brazil
Impresso no Brasil

Frederico Escorsin

Um conto de Halloween
O CORAÇÃO DA FARAÓ

FICHA TÉCNICA

EDITORIAL	Augusto V. de A. Coelho
	Sara C. de Andrade Coelho
COMITÊ EDITORIAL	Marli Caetano
	Andréa Barbosa Gouveia - UFPR
	Edmeire C. Pereira - UFPR
	Iraneide da Silva - UFC
	Jacques de Lima Ferreira - UP
SUPERVISOR DA PRODUÇÃO	Renata Cristina Lopes Miccelli
ASSESSORIA EDITORIAL	Nicolas da Silva Alves
REVISÃO	Ana Carolina de Carvalho Lacerda
	Rafaela Mustefaga Negosek
PRODUÇÃO EDITORIAL	Nicolas da Silva Alves
DIAGRAMAÇÃO	Bruno Ferreira Nascimento
CAPA	Frederico Escorsin
ILUSTRAÇÃO	Frederico Escorsin

Apresentação

Em 2019, no início da minha carreira como ilustrador, achei que seria uma boa ideia fazer três imagens: uma para o Dia dos Namorados, outra para o Halloween e a última para o Natal, como forma de me promover nas redes sociais.

E teria sido realmente uma boa ideia.

...se eu não tivesse esquecido de fazer duas delas.

Pois é... (-_-'). Fiz só a de Halloween, na qual criei duas personagens: uma moça sem as tripas e outra sem as mãos (é Halloween, gente. Eu não sou o Tim Burton para fazer isso no Natal).

O ano virou e reavivei meu propósito de fazer as três ilustrações anuais. Estalei os dedos, fiz cara de compromissado e...

Esqueci o Natal e o Dia dos Namorados *de novo*.

É...

Mas pelo menos lembrei do Halloween. Como uma continuação da brincadeira do ano passado, refiz as duas personagens em uma nova situação, ainda sem me preocupar com história ou contexto além de "Halloween".

2019, 2020... Chegou 2021 e adivinha o que aconteceu?

Sim, exatamente.

Por quê? Sei lá... Acho que eu gostei tanto de desenhar as duas que virou uma tradição pessoal, o que ajuda de certa forma a lembrar da data (ou talvez eu seja uma criatura das trevas e não esteja me lembrando...).

Enfim, fiz a terceira imagem, em que, pela primeira vez, havia um cenário mais ou menos identificável (no caso, uma feira).

O ano virou e veio 2022. Nesse ponto eu aceitei meu destino como desmemoriado, abandonei o Dia dos Namorados e o Natal e foquei realmente nessas duas fofuchas. Fiz a ilustração anual, ficou show de bola, palmas para mim, porém...

De tanto desenhá-las (tipo... quatro vezes...) eu comecei a me perguntar coisas como: Quem elas são? Onde vivem? Do que se alimentam? Como se reproduzem?

Ou seja, o desejo de contar a história delas estava começaaando a me coçar.

Porém, como eu estava com coisas demais para lidar na época (tipo uma obra em dois banheiros, encomendas de ilustrações, outros livros sendo escritos e o trabalho como servidor), eu meio que empurrei com a barriga.

Só que, com uma barriguinha magra que nem a minha, não deu para empurrar para muito longe...

Um belo dia, lá estava eu, vivendo minhas tretas diárias de boas, quando esbarrei em um concurso de Halloween cujo desafio era escrever uma história de terror de até 40 mil palavras que se passasse durante a noite.

Me empolguei todo feito um periquito excitado. Era a oportunidade de colocar as fofuchas na minha lista de prioridades! Estalei os dedos, me sentei no computador e sapateei no teclado!

E, assim como a ideia das três ilustrações anuais, teria sido uma boa participar do concurso.

...Se eu não tivesse ignorado totalmente as regras (-_-').

Do tema "terror", do limite máximo de 40 mil palavras e da condição de se passar à noite, obedeci somente a um requisito (o que revela um padrão curioso: a cada três itens, dois são deletados da minha cabeça).

Em todo caso, quando percebi que estava fora do páreo, desisti do concurso, mas resolvi terminar a história mesmo assim, ainda com o objetivo de ser um conto (como essa é uma meta só, e não três, não esqueci e dei conta do recado. Viva eu).

Aproveitei então que havia quatro situações já ilustradas e tentei inseri-las na história (tipo uma ilustração de livro às avessas, no qual você escreve o texto com base no desenho ao invés de desenhar com base no texto). O resultado foram três das quatro imagens contextualizadas com sucesso (exceto por alguns detalhes) e uma que virou a capa.

Quatro anos, quatro ilustrações e um concurso em que eu dei com a testa no batente culminaram nestes cinco capítulos que, espero eu, serão mais divertidos que minha apresentação.

Imagine agora alguém fazendo uma mesura e a cortina do teatro se abrindo para o show.

Vire a página e divirta-se!

:. 1 :.

Qual é a duração de um ano para quem está morto há milênios?

☥

A lua cheia boiava próxima ao horizonte, grande e laranja feita uma abóbora. Sua luz recortava as silhuetas tanto das nuvens quanto das lápides e árvores secas, sendo o foco errático de uma lanterna quem revelava as cores ao redor.

— Hein, gata, tu conhece a história da faraó Aziza? — o garoto perguntou ao caminhar por entre os túmulos, seguido pela namorada, o som de passos na grama ressoando pelo ar noturno.

— Ai, mô, que diabos de rolê aleatório é esse? — a garota reclamou para as costas do namorado. Sua mão girava ansiosamente um colar de pingente dourado no pescoço. — Por que 'cê me trouxe aqui?

— Porque é mó irado! — ele respondeu por cima do ombro e sorriu com malandragem ao voltar-se para a frente. — *E porque tu vai pular nos meus braços assim que ouvir essa história* — acrescentou ele baixinho para si mesmo.

— Oi? Não te ouvi, mô, desculpa.

— Eu tava falando da lenda da Aziza. Tu nunca ouviu falar dela? — o garoto parou e virou-se de frente para a namorada.

— Não. Ai! Tira essa luz do meu rosto!

— Ah, foi mal.

— Conta logo aí então para a gente ir embora. Esse lugar me dá calafrios... — o colar girava nervosamente nos dedos, o pingente deslizando.

Estavam os dois sob uma árvore particularmente volumosa, sendo seus galhos agonia e dor em forma física de tão retorcidos.

O garoto sorriu. Pondo a lanterna sob o queixo, puxou sua entonação mais sinistra e iniciou:

— *Há muitos e muitos anos*, no coração do Sahara, reinava a lendária faraó Aziza! Famosa por ter acumulado uma grande fortuna em ouro e joias, e por nunca ter se casado!

"Tá melhor do que eu", a garota pensou sarcástica, erguendo uma sobrancelha na direção do namorado.

— ...Um dia, porém, ela contraiu uma grave doença e faleceu, sendo seu último desejo o sepultamento secreto de seu corpo e de seu tão amado tesouro. E foi tão bem sepultada, tão bem escondida, que nem mesmo os melhores ladrões de tumba foram capazes de encontrá-la! Com o passar do tempo, chegaram até mesmo a duvidar de sua existência, tornando Aziza e seu tesouro uma lenda!

A namorada girava o colar no pescoço.

— E foi assim até que um dia, depois de décadas de árdua pesquisa e trabalho duro, um intrépido explorador e seu fiel ajudante finalmente encontraram a tumba perdida! Estava no interior de uma montanha, sendo talvez o local de sepultamento mais simples de todos os governantes egípcios! Tão simples que quase foi confundido com um túmulo comum. Só perceberam que era da Aziza porque estava escrito lá o nome dela. Se não fosse por isso, não teriam nem tentado achar o tesouro, que estava escondido em uma câmara secreta logo atrás do sarcófago.

A namorada ergueu uma sobrancelha:
— Fica a dúvida se foi humildade ou pão-durice...
— Hehe, pois é! Mas então, quando a dupla de exploradores se deparou com a famosa fortuna, foram tomados pela ganância e *enlouqueceram!* O fiel ajudante não foi tão fiel assim e esfaqueou seu patrão, roubando para si *todo o tesooouro.*

A garota suspirou, piscou lentamente e comentou baixinho:
— *Parece que eu não fui a única a cair num rolê zoado...*
— Oi?
— Nada, não, continua.
— Depois de sumir com o corpo do chefe, o ajudante tentou vender as peças, mas foi traído pelos seus contatos, sendo obrigado a fugir somente com *um* item.

A namorada bocejou e disse:
— Como é que alguém rouba tanto ouro assim sozinho, hein? Ele tinha um caminhão no meio do deserto, é?
— Ah, não sei... Talvez não tenha sido tudo de uma vez. Só sei que esse item que ficou com ele era especial! A causa de toda a ganância! *O canopo que guarda o coração amaldiçoado de Aziza!* — O garoto abriu um dos braços, dramático, o outro ainda segurando a lanterna sob o rosto. A garota ergueu as sobrancelhas com o mesmo entusiasmo de uma geleira e então fez cara de interrogação:
— O que é um canopo?
— É onde a galera do Egito guardava os órgãos do falecido.

Uma ruga surgiu no nariz.
— Ai, que nojo! Eles colocavam as tripas da galera dentro de *copos?!*
— *Canopos*, gata. Não copos. E, sim, eles faziam isso. Fazia parte do processo de mumificação, eu acho...
— Credo... Tá, mas e aí? Que fim levou esse canopo amaldiçoado?

O garoto sorriu:

— Ah! Dizem que foi enterrado com o tal ajudante quando ele morreu, sendo esse o único bem que ele possuía na época.

— Ele morreu sem nada?

— Tipo isso. Morreu na miséria.

— Que trouxa...

— Total. E adivinha onde ele foi sepultado?

— Ah, sei lá...

— *AQUI! Neste cemitério!* — o garoto exclamou e gesticulou para os arredores.

— Uau, hein.

— *Sim!* — o sorriso do garoto saiu cheio de intenções, o sarcasmo da namorada passando reto por ele. — "Uau" mesmo! Porque isso tirou Aziza de seu sono eterno e a prendeu no mundo dos vivos! Incapaz de voltar ao além ou reencarnar, seu espírito hoje vaga pelo cemitério!, *por este cemitério!*, em busca de um coração que possa aplacar sua *doooor!* — ele finalizou com uma entonação (supostamente) assustadora.

A namorada piscou lentamente e perguntou:

— Então quer dizer que essa tal Aziza pode aparecer aqui e matar a gente para roubar nossos corações, é isso?

— Exato!

— Hm... Que coisa, hein.

— Olhe em volta! Sob uma dessas tumbas se esconde o *canopo de Aziza!* O único objeto que lhe dá poderes! O único objeto capaz de matar a faraó amaldiçoada!

— Matar? Mas ela já não está morta?

— Sim, mas destruir o canopo *apaga* a existência dela permanentemente. É tipo deletar um vídeo da lixeira.

— Ahn... É, isso é bem impression-n-n-naaa... — a garota perdeu a voz e a cor. Seus olhos viraram dois pratos. — MÔ!

ATRÁS DE VOCÊ! – ela apontou para um ponto além do ombro do namorado.

– Ah, qualé, gata, eu não vou cair nes...

– *Então, garoto, para a sua informação, eu nunca matei ninguém...*

A voz veio acompanhada de um sopro gelado na nuca. O rapaz soltou um berro agudo e pulou no colo da namorada, feito um bebê.

– *...mas eu poderia começar por você, que tal?*

O foco da lanterna girou e achou seu alvo: um busto humano de uma mulher levitando no vazio. Tinha a pele pálida-arroxeada, olhos de íris vermelhas e cabelos cor de césio em um corte estilo egípcio.

Os ombros brilhavam nus, o pescoço exibia uma gargantilha preta e os seios escondiam-se atrás de um bojo meia-taça feito de trevas. Dos bíceps e busto para baixo era tudo negrume.

Isto é...

Até a lanterna baixar e iluminar o restante do corpo.

Entre a caixa torácica e a cintura não havia nada além de ossos negros iluminados fantasmagoricamente por uma tênue luz vermelha que parecia vir de lugar nenhum.

As mãos e antebraços, por outro lado, eram ossos amarelados brotando de sua carne transformada em sombras. Vinham vermelhos por dentro da silhueta preta do braço e brotavam a partir de um rasgo, como se cães os tivessem mastigado.

Já o quadril e as pernas pareciam cobertos por uma calça legging, mas de um "tecido" total e completamente preto, do qual brilhava em seu interior em vermelho os ossos da bacia e os fêmures. A partir dos joelhos, rasgos iam revelando cada vez mais pele até terminarem em pés descalços.

As costelas nuas, a coluna vertebral exposta, os olhos vermelhos arregalados, os dedos de ossos movendo-se em ameaça... faltou pouco para o garoto desmaiar.

Já sua namorada...

— *UAAAAAAA!*

...largou o garoto no chão e saiu correndo.

— *AI! Ei, m-m-me espera!* — o namorado saiu aos trancos e barrancos atrás dela, uma mão nas costas, tropeçando nos próprios pés por entre os mausoléus e as lápides.

Aziza suspirou e deu um sorriso cansado.

Antes que o casal desaparecesse com a distância, fogos-fátuos azuis acenderam-se por todo o terreno do cemitério. Luzes fantasmagóricas surgiram nos galhos das árvores feito lâmpadas decorativas e abóboras sorridentes brotaram do solo ao mesmo tempo que uma procissão de fantasmas e zumbis emergia de suas tumbas.

Como reflexos na água ganhando nitidez e volume, barracas, palanques, decorações e seres assombrados foram se materializando ao redor de Aziza, para o desespero do casal ao longe.

O que antes era um cemitério estereotipado, agora era o palco da maior festa do mundo dos mortos.

O Halloween deste ano havia oficialmente começado.

Um grupinho de quatro mortos-vivos caminhava às gargalhadas com maçãs do amor cheias de vermes nas mãos. Uma família de Frankensteins se revezava no teste de força, cada um batendo na base do pilar com a marreta e fazendo soar o gongo no topo sem qualquer esforço. Um pai fantasma e seu filho, dois girinos sorridentes branco-transparente, voavam por sobre a cabeça dos transeuntes, carregando baldes feitos de crânios maiores que eles mesmos.

Aziza olhou em volta e suspirou, observando os transeuntes caminharem por ela com um humor diametralmente oposto ao seu. Apesar de suas naturezas longevas (quiçá imortais), a faraó era a única que frequentara *todas* as edições da feira, *sem exceção*, desde a primeira, há mais de *três mil anos.*

No início, após perceber-se presa às imediações de seu coração mumificado, as noites de Halloween foram respiros de alívio.

Respiros de 12 horas a cada 354 dias e meio.

Com o passar do tempo, entretanto, até mesmo as cores, os doces e as músicas acinzentaram-se com a mesmice. Os anos encolheram, voando cada vez mais depressa, o festival indo e vindo com menos e menos graça a tal ponto que a edição do ano passado parecia ter sido ontem, a do ano retrasado, anteontem e assim por diante...

"Essa é a duração do tempo para quem está morto há milênios.".

Aziza de repente franziu o cenho ao reparar em um brilho dourado por entre as lâminas de grama. Aproximou-se e baixou o rosto.

Por entre seus pés descalços, via-se um colar. As mãos de caveira o alcançaram e a correntinha rolou pelas falanges.

"Putz, a garota deixou cair..."

Aziza olhou em volta em busca do casal, mas não havia sinal dele. Seu campo de visão resumia-se a barracas amarelas e monstros felizes. Baixou o rosto e admirou o objeto, revirando a correntinha e seu pingente.

Era um trabalho bonito, ela tinha que admitir. Nada que se comparasse ao seu tesouro, mas também nada que se jogasse fora. O pingente, um Hamsá dourado e polido, a encarava de volta, refletindo as luzes ambiente (roxas, verdes e laranjas).

Aziza deu de ombros e o enrolou no pulso descarnado, o Hamsá batendo nos ossos com um "toc-toc" audível (precisou de umas quatro ou cinco voltas até a correntinha se firmar).

Suspirando tédio, iniciou seu roteiro anual de Halloween. Achou a rota turística, indicada por uma placa de madeira velha com letras garrafais, recebeu um pio de boa noite do esqueleto vivo de uma coruja sentada na seta de madeira e deu início ao tour.

Um imenso casarão abandonado, telhados cinzas, janelas e portas lacradas com tábuas, foi a primeira parada.

– *Venham, venham! Contemplem a mansão de Pesadelo! A assassina com mãos de facão!* – disse um esqueleto de cartola e fraque para um grupo de youkais vindos do Japão. Ao longo do jardim, uma fila se formava para visitar o interior da casa.

– *Dizem as lendas que nesta belíssima mansão morava a família Silvana! Rica e famosa por seus brinquedos de chumbo! Soldadinhos, cavalinhos, robôs de corda... onde quer que se olhe há chumbo! Até nas tintas das paredes, hahaha!*

– *Papai Silvana, mamãe Silvana e seus dois meninos Silvana formavam a família de quatro Silvaninhas. Quatro que logo, logo seriam cinco!* – o esqueleto alisou um barrigão invisível.

– *Porém, pasmem! Quando nasceu a criança, qual foi o choque ao verem que a bebê não tinha mãos!* – o esqueleto fez malabarismo com as próprias mãos, terminando com a esquerda no pulso direito e vice-versa.

– *Horrorizados, os não tão bondosos Silvana esconderam sua pequena aberração no porão, onde ela cresceu sozinha e isolada até seus vinte e poucos anos! Pobre menina...*

Os demônios estrangeiros todos tiravam fotos, animados. Uma mulher centopeia e um ogro de tacape e máscara Hannya se abraçaram para uma foto enquanto uma cabeça decepada de um samurai operava a câmera usando apenas a boca.

Aziza assistia à apresentação um pouco atrás do grupo, os braços cruzados.

– *A garota vivia tão isolada que morreu poucos dias depois de a governanta bater as botas! Tomada por um surto de insanidade, a doida se jogou, às gargalhadas, de cabeça escadaria abaixo, terminando com o queixo nas costas. Aparentemente os habitantes da casa tendiam a enlouquecer misteriosamente, hahaha!*

– *Sem ninguém mais para alimentar a pobre garota no porão, e com seus familiares cada vez mais pirados, não houve muito o que ela pudesse fazer além de definhar, morrer e juntar-se a nós, hahahaha!*

– *Foi então que...*

"*...depois de tragada para o inferno pela maldição que entranha essas terras*", completou Aziza mentalmente, "*a garota foi trazida de volta à vida pelo próprio Lúcifer como Pesadelo...*"

– *... a assassina com mãos de facão! E qual foi a primeira coisa que ela quis fazer assim que voltou à vida? Ora, "abraçar" todo mundo! Especialmente seus pais tão "amorosos", hahaha!*

"*Nunca se viu...*"

– *...tamanho banho de sangue...*

"*...na maior vingança...*"

– *...que esse canto do mundo jamais presenciou! Foram...*

"*Sim, sim... tripas, cabeças, membros por todos os lados... já sei, já sei...*" Aziza seguiu adiante, lembrando-se do massacre ocorrido há 60 anos.

Ela conhecia não apenas a história, como sabia ser totalmente falsa. A garota nunca foi vista por ela, com ou sem facas, e quem saiu pela porta da frente não fora nada sobrenatural, mas "papai Silvana" carregando um cutelo ensanguentado.

O mesmo que ele usou para rasgar a própria garganta.

"*E depois a assustadora sou eu...*"

Próxima parada: o Olho da Bruxa.

Sobre um toco de árvore cheio de cogumelos e musgo, via-se um domo de vidro cobrindo um globo ocular do tamanho de uma laranja. O olho girava no eixo, mirando cada transeunte com sua íris lilás.

Quem apresentava o show era uma senhora cinza e enrugada, de nariz e queixo comprido, encurvada feito uma ferradura, varinha numa mão e vassoura na outra:

— *Esse aqui é o Oooolho da Bruuuuxa!* — disse numa voz estridente, a varinha batendo no vidro. — *É capaz de ver quando e como será a sua morte, porém não pode te contar! ...Porque olho não tem boca! Aaaahahaha!* — riu alto e com gosto, exibindo uma dentição mais aterrorizante que o próprio Olho.

O globo ocular a encarou e começou a quicar, excitado. A risada de repente se tornou uma tosse, a velha se engasgou, agarrou o próprio peito e caiu dura de borco no chão.

O público (quem tinha mãos) aplaudiu quando o espírito da velha se ergueu, um tanto surpreso. Olhou para si mesma e revirou os olhos:

— *Aff... De novo...*

Aziza não esboçou reação. Com o dedo de osso, virou-se para o lado, para o tronco de uma árvore em especial, e riscou a casca, fechando o quinto conjunto de cinco risquinhos.

"Another one bites the dust..." Cantarolou ela mentalmente e seguiu adiante.

Próxima parada: Mefistófeles.

Esse era talvez o mais sem graça do percurso, limitando-se a uma tumba simples com uma inscrição ainda mais simples:

Não abra se quiser viver.

— *Aqui, senhoras e senhores, é onde dorme Mefistófeles!* — disse um demônio careca, vermelho e com um belo cavanhaque, sua voz de seda sendo a melhor parte do show. — **O demônio que deu fama e fortuna a Fausto hoje descansa aqui, preso por uma antiga maldição! Dizem que quem for capaz de dominá-lo poderá usar seus poderes para conseguir o que quiser!**

"O problema é que para dominar o fofinho aí, tem que soltar antes, né... Se até Lúcifer deixava o cara na rédea curta, calcule o temperamento

do capetinha...", Aziza comentou para si mesma antes de dar as costas e seguir adiante.

A Mão do Macaco, a boneca Annabelle, a Caixa de Pandora... de próxima parada em próxima parada, Aziza finalizou o tour, terminando o passeio na via principal, onde várias barracas ofereciam jogos com premiações.

Tinha pesca de maçã com miniabóboras ou cabeças encolhidas no lugar da fruta vermelha; tinha jogo de dardos, em que os alvos eram cabeças de zumbis, cada uma reclamando ou zoando o participante; tinha jogo da argola, em que tanto as argolas quanto os pilares eram feitos de ossos...

Aziza estava passando pela carrocinha de algodão-doce (sabores cicuta, beladona, dimetil mercúrio...) quando viu um boneco de Jack Lanterna como um dos prêmios na barraca de dardos.

O brinquedo de pano e cabeça de abóbora lhe pareceu triste e sozinho, mesmo pendurado em meio a tantos outros. Quem quer que esculpira seu rosto o fez com uma expressão de apertar o coração.

De apertar *quem tinha* coração.

"*Mas eu tenho um. Só não posso pegá-lo de volta...*"

Aziza olhou para o boneco. Fez brotar uma moeda de ouro das profundezas da carne sombria do seu antebraço, deixando-a escorregar pelos ossos até parar na palma da mão. Aziza encarou a moeda, pensativa. Olhou novamente para o boneco. Olhou a moeda. Olhou o boneco...

"*Quando foi a última vez que eu gastei dinheiro?*". Ela refletiu por alguns instantes. "*Putz, nem lembro...*".

Revirando os olhos em reprovação a si mesma, aproximou-se do balcão e bateu a moeda ali. O dono da barraca, um lobisomem de suspensórios, gravata borboleta e chapéu coco, a recolheu e dispôs sobre a mesa um conjunto de cinco dardos.

— Hehe, boa sorte, Aziza — o lobo falou com um sorriso zombeteiro, o tom cheio de ironia.

— Vai se lamber, Faísca — Aziza o encarou de soslaio, os dois trocando olhares de quem se conhece há mais tempo do que é saudável.

— Olha só, é a faraó! — exclamou uma das cabeças presas na parede oposta ao balcão.

— A nossa "Gaviã Arqueira" — riu-se outra.

— "Gaviã *Cegueira*", só se for!

As cabeças gargalharam.

— Vinte anos de curso e não acerta uma!

Aziza apertou os lábios e Faísca riu pelo nariz, sentando-se em uma cadeira a uma distância segura.

— Dá até para relaxar um pouco — disse a primeira cabeça. — Vai lá, gatinha! Aqui na ponta do meu nariz, o prêmio é um beijo!

— Hahaha! *Que bosta!* — as demais cabeças riram. — Quem vai querer te beijar, ô zé ruela?

Enquanto os zumbis se zoavam mutuamente, Aziza foi jogando os dardos.

Poc, poc, poc, poc, poc.

As cabeças nem se dignaram a interromper a conversa. Aziza não apenas errou todos, como acertou o coração de uma bonequinha de Pesadelo, as mãozinhas de faca, feitas de metal afiado, balançando suavemente após o impacto.

O lobisomem suspirou, ergueu-se da cadeira, recolheu os dardos e se aproximou do balcão. Apoiou um cotovelo na madeira, pôs os cinco dardos ali e jogou com picardia:

— E aí, dona faraó? Vai querer outra rodada?

Aziza o encarou de soslaio:

— Só se você for alvo — ela jogou, azeda.

— Ora, não se chateie. Não é culpa minha se você é mão-de-vaca e não gasta sua fortuna praticando.

— Eu não juntei ouro para torrar ele em *dardos* — e deu-lhe as costas, as cabeças de zumbi discutindo se Resident Evil era um jogo de zumbi "raiz" ou "Nutella".

Frustrada e entediada, Aziza se afastou do centro da feira na direção do Bosque Sombrio, um amontoado distante e denso de árvores e mausoléus. Mesmo com a presença ocasional de um casal ou outro curtindo a noite, ali era um bom local para se ter um pouco de paz.

Aziza passou por um vampiro e uma fantasma fazendo piquenique, viu o Saci e a Mula Sem Cabeça rindo de alguma piada e entrou no Bosque.

Estava quase no coração do local quando gritos a alcançaram. Franziu o rosto ao reconhecer as vozes e enrugou a testa ao ver os donos delas dobrarem a esquina de um mausoléu.

Era o casal humano, fugindo a toda velocidade em sua direção.

– *Corra, gata! Corr... AAAAH! É A AZIZA DE NOVO!* – o garoto freou, a namorada bateu em suas costas e os dois tombaram no chão. Aziza se aproximou exibindo o pingente.

– Calma, pessoal! Eu não vou machucar ninguém. Olha, vocês deixaram isso cai...

– *AAAAH!* – a garota berrou a plenos pulmões. – *CORRE, CORRE!* – e saíram desembestados bosque afora, costurando por entre os mausoléus.

Aziza apertou os lábios, o pingente no pulso.

"*Humanos...*" Sacudiu a cabeça em reprovação e olhou em volta, curiosa em saber o que os assustara dessa vez.

Foi quando um vulto dobrou a mesma esquina de onde o casal surgiu, parando no meio da rua e de frente para a faraó.

A reação foi imediata.

Assim que reconheceu quem era, Aziza arregalou os olhos.

Uma garota estava parada no meio da rua de paralelepípedos, diante de Aziza. Tinha cabelos negros descendo sedosos até o meio das costas e uma pele um tanto amarelada, meio doente, toda marcada por cicatrizes finas e compridas. No rosto, pescoço, braços e pernas viam-se bandagens velhas, algumas manchadas com sangue seco.

Trajava um vestido preto formado por trapos costurados grosseiramente em um corte bojo meia-taça. Era fendido na coxa, descendo até o meio das canelas. Nos pés voltados para dentro, simples sapatilhas boneca.

A garota passaria despercebida facilmente em meio a tantos monstros de Halloween não fosse por um detalhe: no lugar de mãos, duas imensas lâminas de peixeiras, 30 centímetros cada, seguiam a partir do pulso enfaixado, ambas brilhando afiadas sob a luz noturna.

Aziza tinha a testa que era só dobrinhas.

— *Você realmente existe?!* — a pergunta saiu involuntariamente.

A garota piscou olhos de íris tão vermelhas quanto as de Aziza e virou a cabeça meio de lado, feito um cão curioso. A faraó, por outro lado, apertou seu rosto em ceticismo:

— Ahn... Você é a Pesadelo *de verdade* ou é só um cosplay?

A garota fez cara de interrogação e Aziza reparou que não havia maquiagem ali. A ausência de mãos, as cicatrizes, as lâminas... tudo era muito real.

Real até demais.

— Gente! *É você mesma!* — a faraó sorriu um tanto abobada, como quem se vê diante de uma celebridade aleatória. — Como... *De onde você veio?* Eu nunca te vi por aqui! E olha que frequento este festival faz tempo, hein!

A garota sorriu e deu de ombros.

— Você... ahn... você mora aqui? No Bosque Sombrio? — Aziza perguntou e a garota negou com a cabeça. — Você mora onde, então? — Como era possível que elas nunca houvessem se esbarrado antes?

Uma das lâminas apontou para o chão.

— Ahn? Você mora na ru... Ah, tá! Você mora no inferno... Tinha esquecido.

A garota assentiu e Aziza se condoeu:

— É muito ruim lá? — perguntou sentida.

Pesadelo fez um "mais ou menos" com a cabeça e gesticulou com as lâminas.

Aziza acompanhou os movimentos, mas nada além do "mais ou menos" fez sentido para ela.

Houve um certo silêncio.

— Ahn... Você não fala muito, né?

Pesadelo negou.

— Hm — fez Aziza repensando sua próxima pergunta. — É verdade que você só aparece no Halloween?

A garota assentiu.

— Você já saiu deste bosque?

A garota negou.

— É, isso explica muita coisa... Você então nunca foi à feira?

Pesadelo olhou por cima do ombro pálido-arroxeado na direção do som distante da agitação, as luzes do festival todas bloqueadas pela densa concentração de árvores e mausoléus. A garota fez uma cara de preocupação, encarou a faraó e negou com a cabeça.

— Você não *pode* ir ou nunca *quis* ir?

A garota piscou.

— Tá, ahn... Você quer conhecer a feira?

Pesadelo recuou um passo, como se convidada a enfiar a cabeça num balde cheio de piranhas. As lâminas na mão se sacudiam em uma negativa.

— Você tem vergonha?

Pesadelo baixou o rosto, constrangida, e abraçou a si mesma, cortando-se sem querer com uma das lâminas. Sangue escorreu de seu braço.

— Ih, você se machucou! — Aziza se aproximou.

A garota olhou para si como se aquilo fosse mais corriqueiro que respirar.

— Tá doendo?

Pesadelo fez seu "mais ou menos" com a cabeça.

— Eu conheço um cara aqui que tem um kit de primeiros socorros. Quer que eu te leve lá?

Pesadelo pareceu um pouco incerta.

— É aqui mesmo, no Bosque Sombrio. Não vamos nem precisar sair.

Pesadelo pensou um pouco e assentiu.

— Então me segue. É aqui pertinho.

Caminharam pela via de paralelepípedos até a margem de um laguinho verde-musgo. A metade da cabeça de um monstro do pântano brotando da superfície plácida as observou discretamente à distância.

— Espera aqui só um segundo — pediu a faraó e então voltou-se na direção do lago. — *Wanderley!* Wanderley, você tem gaze aí? — a meia cabeça subiu, puxando o restante do corpo de dentro das águas.

Wanderley era um humanoide verde de olhos esbugalhados, com escamas e guelras. As barbatanas em seu corpo sacudiram-se como se para se livrar da água e a boca de baiacu respondeu:

— Tenho, calma lá — o monstro do pântano mergulhou de volta e, quando emergiu, tinha uma caixa de primeiros socorros laranja coberta por limo e algas. Depositou-a na margem, abriu a tampa e mostrou o conteúdo surpreendentemente seco e limpo.

— Valeu, Delay — Aziza agradeceu e, após pedir licença a Pesadelo, começou a limpar sua ferida.

— É bom passar uma água oxigenada antes — disse o monstro com certa ansiedade. — Tem Merthiolate também. Quer uma pomada?

— Não, obrigada, Delay. Foi só um corte superficial.

Vendo que Aziza parecia ter a situação sob controle, o monstro do pântano relaxou o suficiente para reparar nas lâminas e na garota até então misteriosa.

— Calma lá! Você não é a Pesadelo?!

A garota baixou o rosto diante do par de olhos surpresos.

— Ela não fala, Wanderley — respondeu Aziza. — Mas é ela, sim. Ergue o braço para mim rapidinho, por favor, tenho que passar a gaze. — Pesadelo obedeceu.

— Tem certeza que é ela, Aziza? — o monstro pareceu incerto. — Porque tem uma galera que gosta de fazer cosplay e a gente nunca sabe.

Pesadelo olhava da faraó para o monstro e vice-versa.

— É ela, sim. Ela nem sabe o que é cosplay.

— Oh... caramba... — Wanderley não desgrudava sua atenção da garota, que parecia cada vez mais constrangida. — Posso pegar seu autógrafo? — ele sorriu, mas o ar de reprovação de Aziza o tornou consciente das lâminas no lugar das mãos. — Ah... Desculpa — ele desviou os olhos, sem graça. — Mas, pô! Mó honra te conhecer, garota! Você é bem famosa.

Pesadelo sorriu timidamente simpática.

Aziza achou graça. Fazia milênios que não via um sorriso tão inocente ou sequer sentia a textura suave e macia da pele humana. Da última vez que tocara em alguém, seu coração ainda palpitava sob as costelas e havia mais areia em sua vida.

— Aqui, Delay, terminei — Aziza fechou a caixa e a devolveu ao amigo. — Valeu pela ajuda.

— De nada! Pode passar aqui quando quiser, Aziza, você é de casa. Você e essa celebridade aí! — o monstro sorriu simpático, apesar dos dentes afiados, e acenou com a mão, o espaço entre os dedos fechados por membranas.

Aziza agradeceu novamente e se despediu. Pesadelo balançou as facas em um aceno, cortando sem querer uma mosca gorda ao meio.

A faraó se afastou da margem e guiou Pesadelo por entre os mausoléus até estarem as duas sozinhas novamente.

— Então... ahn... — Aziza tateou em busca de palavras — se você não for na feira, então deixa eu pelo menos te dar isso — e removeu o colar com o pingente Hamsá do pulso. — Era daquele casal doido, mas acho que eles não vão se importar. Acho que é o mais próximo de mãos que eu posso dar a você — seu sorriso ganhou tons tristes.

Pesadelo se inclinou na direção do pingente, parecendo achá-lo bastante curioso. Encarou a faraó e deu um sorriso feliz, dessa vez sem timidez.

— Posso pôr em você? — Aziza perguntou e a garota assentiu. A faraó sorriu e aproximou-se. — Com licença — afastou os cabelos negros e guiou ambas as metades do colar ao redor do pescocinho envolto em gaze velha.

Aziza sentiu o rosto corar ao perceber que Pesadelo a encarava, seus olhos vermelhos fixos nela sem qualquer pudor.

— Ahn... Tem alguma coisa no meu rosto?

A garota negou com a cabeça, mas não desviou o olhar.

— P-pronto — Aziza se afastou, levemente desconcertada, e avaliou o efeito. — Ficou bom! — sorriu. — Você está linda!

Pesadelo passou a ponta de uma das lâminas pela correntinha, sentindo sua textura.

— Gostou?

Pesadelo encarou Aziza e confirmou com a cabeça, o rosto sorridente.

— Ah, que bom! Eu vou indo, então, até mais! Foi bom te conhecer!

Porém, ao invés do esperado, o rostinho ficou sério. Aziza não deu muita atenção, considerando ser aquilo somente o relaxamento natural do rosto, e deu-lhe as costas.

Após uns cinco passos, porém, ouviu o bater de solas se aproximar por trás e deu meia-volta. Pesadelo estava a menos de dois metros dela.

— Ahn... Eu vou voltar para a feira...

Pesadelo piscou e se aproximou mais um passinho. Aziza a encarou, confusa:

— Você quer vir comigo?

Os olhos de Pesadelo passearam pelo rosto fantasmagórico da faraó como quem está tomando uma decisão. A ponta da lâmina pousou novamente na correntinha e a garota encarou o Hamsá, o facão tocando a mãozinha dourada parada bem em cima de seu coração.

— Você... quer vir na feira comigo? — Aziza perguntou novamente, dessa vez com afeto.

Pesadelo ergueu a cabeça, encabulada.

— Eu conheço essa feira de trás para frente. Conheço como a palm... ahn... como os ossos dos meus dedos — e balançou as falanges, fazendo a outra sorrir. — Posso ser sua guia.

Pesadelo assentiu, um sorrisão ganhando seu rosto.

Aziza sorriu de volta e disse:

— Então vem, é por aqui.

Seguiram então por alguns minutos até a borda do Bosque, onde as árvores faziam fronteira com o restante do cemitério. Elevado que era o terreno, a feira podia ser vista ao longe, feito um mar colorido, suas luzes, sua agitação, suas músicas, tudo chegando até as duas após um longo gramado salpicado de túmulos e alguns poucos casais.

Aziza avançou a céu aberto e, após alguns passos, percebeu que estava sozinha. Olhou por cima do ombro e viu Pesadelo parada ao lado de uma árvore com a expressão de quem está na borda do trampolim mais alto da piscina.

– Está tudo bem? – Aziza voltou até ela.

Pesadelo encarou a faraó e o festival em alternância, o nervosismo claro em seu rosto.

Uma mão de ossos se estendeu em sua direção.

– Se for te fazer sentir mais segura, pode pegar na minha mão – Pesadelo baixou os olhos para a mão esquelética, um tanto incerta. – Não se preocupe, eu não vou me cortar – Aziza sorriu com carinho e Pesadelo a encarou, surpresa.

A garota mirou por um tempo a palma de ossos nus sem um pingo de carne, mirou a mulher sem tripas na frente dela, mirou o festival...

– Fica à vontade, tá? Se quiser ficar aqui no Bosque Sombrio, eu posso te fazer companhia.

Mas Pesadelo negou timidamente com a cabeça. Devagar, hesitante, apoiou uma das lâminas na mão descarnada.

Aziza sorriu. Pesadelo também.

– Vamos, então?

Pesadelo assentiu e, de "mãos dadas", desceram na direção do festival.

– Primeira parada, Motoqueiro Fantasma! – anunciou Aziza ao alcançarem as primeiras barracas. Diante da interrogação de Pesadelo, ela explicou:

— Ele não é um motoqueiro de verdade, é só apelido. É um ferreiro que eu conheço. Quero pedir para ele algo que te ajude a manipular melhor os objetos do que essas facas.

Pesadelo olhou para as próprias "mãos" como se as visse pela primeira vez. Entraram por um beco entre duas barracas e, quando pisaram na pequena via, a atenção da garota foi sequestrada instantaneamente.

As luzes, os monstros, os produtos, os vendedores atraindo clientes, as crianças correndo (zumbis, esqueletos, lobisomens...), tudo parecia assustar Pesadelo. Seus olhos giravam ao redor, seu rosto tenso como se cercada por gremlins ensandecidos.

— Calma, calma, eu estou com você! — Aziza a acalmou quando a garota a abraçou com força, suas lâminas passando inócuas pela carne sombria. — Se quiser voltar para o Bosque é só falar que eu te levo de volta, tudo bem?

Assim como antes, Pesadelo negou com a cabeça, terminando por caminhar grudada no braço tricolor (branco, preto e amarelo-osso) feito uma criança perdida. A mão livre de Aziza pousou no antebraço de Pesadelo a título de calmante.

Por todo o caminho, olhares as atingiam. Alguns elogiavam o "cosplay" e pediam fotos, coisa que Aziza ajudava, já que Pesadelo estava confusa demais para saber o que fazer.

Quando finalmente chegaram na barraca do ferreiro, encontraram um demônio vermelho com a mesma silhueta de um armário. Seus bíceps e coxas tinham a largura dos quadris de Pesadelo, enquanto seu quadril tinha a largura das duas garotas juntas.

No pescoço, um grilhão de metal gigantesco e cheio de espinhos agia como gargantilha. Acima, em vez de uma cabeça de carne e osso, via-se um crânio robusto flutuando em meio ao fogo, os chifrinhos curtos e grossos saindo pela testa. Não vestia nada além da "gargantilha" de ferro, algemas com correntes partidas, uma tanga e um avental de couro cheio de ferramentas.

– **Oi, Aziza!** – o crânio parecia sorrir. – **Feliz Halloween! Legal o cosplay da sua amiga!** – ele apontou com um martelo gigante na direção de Pesadelo.

A garota olhou para o demônio com fascinação e depois girou o rosto ao redor, soltando Aziza para poder caminhar pela barraca medieval.

O espaço era todo de madeira, o chão coberto de palha. Uma imensa fornalha incandescia em um canto, barris com água se espalhavam aqui e ali e ferramentas repousavam sobre uma grande mesa rústica. Uma bigorna, pesando mais que a feira inteira junta, exibia-se no centro da barraca enquanto vários objetos de metal pendurados no teto ou descansando contra as paredes indicavam o tipo de clientela de Motoqueiro Fantasma.

– E aí, Motoqueiro, você tem uns ganchos para me emprestar? – pediu Aziza, apontando para as mãos de Pesadelo.

– **Ah, sim, claro! Tenho até uns prontos aqui, deixa eu achar para você** – o demônio vasculhou os objetos pendurados e alcançou dois ganchos iguais aos usados por piratas. – **Pronto! Aqui.**

– Ah, valeu! – os ganchos trocaram de mãos.

– **Só preciso que você me devolva antes do amanhecer.**

– Beleza. Devolvo, sim.

– **Legal. Quer ajuda?** – perguntou ele ao ver Aziza pedir os braços de Pesadelo e remover cuidadosamente as lâminas.

A faraó agradeceu e em poucos minutos os dois trocaram as facas pelos ganchos, o demônio passando uma pomada nos cotocos da garota para melhorar a irritação.

– **Ficou bem melhor agora** – Motoqueiro "sorriu" com as mãos na cintura, ele e Aziza assistindo à garota admirar-se com os ganchos e depois sair andando para lá e para cá erguendo objetos e se divertindo.

Pesadelo estava cutucando a própria pele com a curvatura do metal, feliz por não se cortar, quando Aziza perguntou:

— Fantasma... ahn... quanto você cobra por eles?
— **Eles o quê?**
— Os ganchos.
—**Ah... Umas 20 moedas, por quê? Você vai comprar para ela?** — surpreendeu-se o demônio.
— É... Acho que vou... Tadinha, olha a felicidade da menina — Pesadelo imitava um gato, arranhando o ar como se os ganchos fossem patinhas. Soltava uns miados engraçados e ria de si mesma. — Não quero ter que fazê-la devolver isso...
— **Me dá 18 moedas que fechamos negócio.**
— 15?
— **17.**
— 16? Tá bom, tá bom, 17 — Aziza concordou ao ver a expressão do crânio flutuante. Fez surgir as moedas e as entregou para o amigo.
— **Valeu** — ele as guardou no avental. — **Mas vou te contar, hein, que bicho te mordeu?**
— Como assim?
— **Você, abrindo a mão! Te conheço há o quê? Uns cento e cinquenta anos? Nunca te vi gastar dinheiro!**
— Ah, pois é, eu...

De repente, Pesadelo se aproximou e deu um beijo no rosto de Aziza tão do nada que fez a faraó e o ferreiro enrugarem as testas (o ferreiro apenas metaforicamente). A garota pulava no mesmo lugar, toda alegre, girando umas argolas de ferro nos ganchos e fazendo malabarismos.

— **Eu acho que ela gostou de você** — Motoqueiro riu.
— Pois é... — Aziza riu também e levou a mão onde recebera o beijo, seu olhar acompanhando Pesadelo com um sorriso.

— Ok, dona "Capitã Gancho", hora de comer! — brincou Aziza após sair da barraca, os dois facões debaixo do braço.

Pesadelo, ao seu lado, voltara a andar grudada nela, porém um pouco menos que antes. Seu rosto ainda mirava os arredores com preocupação, porém não mais como se tudo e todos pudessem atacá-la a qualquer momento.

Após alguns minutos e muitas esquinas, caíram as duas em uma larga avenida colorida cheia de transeuntes lambendo beiços ou dedos.

— Aqui é a Rua das Guloseimas — anunciou Aziza, apontando para todo tipo de comida, de doces a salgados, nojentos ou deliciosos, vivos ou mortos, cada barraca mais vistosa que a anterior. — E aí? Vai querer o que primeiro?

Os olhos de Pesadelo quase soltaram corações. A garota girava ao redor de si feito uma criança com um cheque em branco numa loja de brinquedos. Chegou a soltar Aziza e correr de uma barraca à outra (quase esbarrando nas pessoas), sem conseguir se decidir.

— Hehe — Aziza riu-se. E arregalou os olhos. — *Ei! Não, você tem que pagar por isso!*

A faraó correu ao ver a garota simplesmente abraçar o mostruário de uma barraca e voltar na direção dela toda sorrisos.

Abóboras gelatinosas, verminhos azedos, caveiras de chocolate, aranhas de frutas vermelhas, gelatinas de sangue... Alguns doces se moviam, outros pareciam preocupados. Uma das aranhas abriu o pacote e conseguiu fugir.

— *Ei! Ei, moça!* — um zumbi velho, de roupa esfarrapada e um olho pendurado ralhou e já estava avançando na direção de Pesadelo quando Aziza chegou.

— Desculpa, senhor! Desculpa! Qual é o valor que ela deve?

— Ih, moça, vou ter que cal...

— *Pesadelo! Não, espera!*

Aziza olhou para trás e viu a garota com uma bengala doce na boca feito um charuto e mais duas penduradas no antebraço. Não fazia ideia de onde (ou como) ela os havia pegado, mas não havia tempo para descobrir.

— Ai, por Amon-Rá! Senhor, toma aqui, acho que vai cobrir o preço! — ouro começou a chover da carne negra e rolar pelos ossos até as mãos atônitas do velho zumbi. — *Pesadelo, calma aê!* — Aziza saiu correndo ao encalço da garota, que saltitava rua abaixo mordiscando a bengala.

— *Sua doida!* Não pode sair pegando as coisas assim! — Aziza a segurou pelo braço e Pesadelo a encarou confusa. — Você não pode pegar coisas sem pagar!

Pesadelo piscou. Aziza suspirou:

— Tá, fica aqui que eu já volto! *Não sai daí!* — deu-lhe as costas e comprou um crânio para doces em uma barraca. Voltou com ele e disse:

— Vai, põe tudo aqui — a faraó esticou o crânio de demônio com o tampo cortado, o interior vazio. Pesadelo abraçou os doces com mais força e recuou um passo. — Eu não vou te roubar, doidinha! É só para você não precisar ficar segurando tudo nos braços. Pode ficar com o balde, eu comprei para você — e o empurrou no ar como quem diz "anda, pega".

Pesadelo pareceu reconsiderar. Aproximou-se hesitante e deixou os doces caírem ali dentro. Passou o braço pela alça e sorriu.

Aziza soltou uma risada pelo nariz:

— Você é uma figura, garota... Sai pegando as coisas sem mais nem menos! — Pesadelo apenas sorria, o gancho da mão livre espetando uma caveira de chocolate e jogando-a inteira na boca, embalagem e tudo.

Aziza se espantou, mas logo franziu o rosto como quem se lembra de algo.

— Você morreu de fome, né? — Pesadelo não respondeu. Estava ocupada demais cuspindo a embalagem e mastigando o conteúdo. — É... Isso explica muita coisa...

De repente a garota pareceu ver algo que chamou sua atenção. Preocupada, Aziza acompanhou o olhar e reparou que ela mirava uma barraca vendendo grandes abóboras recheadas de bombons.

— *Você quer mais?!* — Aziza exclamou, seus olhos quase saltando das órbitas. — Não é melhor primeiro comer o que você já pegou?

Mas Pesadelo parecia ter algum plano em mente. Aproximou-se de Aziza, entregou-lhe o balde e apontou para as lâminas debaixo do braço da faraó.

— Você... Você quer que eu ponha elas de volta? — Aziza olhou de Pesadelo para as lâminas, sem entender, mas a garota confirmou com a cabeça. — Ué... Mas eu achei que...

Pesadelo apenas sorriu.

— Tá... Então dá aqui os braços.

Cinco minutos depois, os facões haviam voltado aos pulsos. Pesadelo os encarou e sorriu. Aziza não compartilhou da expressão. Pelo contrário. Ficou séria e perguntou:

— O que você vai fazer?

A resposta veio rápida.

Rápida demais.

Mal Pesadelo sentiu as facas firmes nos pulsos, cravou-as numa das abóboras, ergueu-a sobre sua cabeça e saiu correndo a toda festival afora.

— *EI! EI, SUA LADRA! VOLTA AQUI!* — o vampiro dono da barraca (capa de Drácula e cabelo engomado) saiu correndo atrás de Pesadelo, que dobrou uma esquina e sumiu.

Aziza ficou parada no mesmo lugar, estática, tentando entender a cena. *Pesadelo a abandonara?* Pensou Aziza em choque, uma mão coçando a nuca, a outra segurando o balde de crânio pesado de doces. Estava para se sentir usada quando um vulto surgiu ao seu lado, vindo de um beco às suas costas.

NHAC!

Uma boquinha mordeu o pulso de osso e o puxou consigo.

– EI!

Era Pesadelo.

A garota havia contornado o quarteirão e voltado para buscar sua amiga. Porém, sem mãos para puxar a faraó, usou a boca.

– O que você...?!

– *PEGA LADRÃO!*

Aziza e Pesadelo olharam para trás, Pesadelo com o pulso esquelético ainda na boca, a abóbora erguida sobre a cabeça e Aziza toda torta.

– Vai, corre! – Aziza gritou e Pesadelo acelerou. Soltou a amiga e saiu costurando pela feira, as duas juntas serpenteando por entre barracas até sumirem da vista do vampiro.

– Calma, espera! Acho que despistamos ele... – Aziza puxou Pesadelo pelo braço até pararem.

As duas olharam para trás e para os lados. Viram tudo quanto é monstro, mas nada do rapaz. Entreolharam-se por um segundo e, numa explosão de gargalhadas, riram alto e com gosto.

– *Você é doida demais, garota!* Eu venho nessa feira há mais de três mil anos e é a primeira vez que eu roubo alguma coisa!

Pesadelo abriu um sorrisão entre culpado e divertido.

– Ai, ai... E você vai comer tudo is...? Vai.

Pesadelo enfiou a cabeça na abóbora, devorando os bombons com papel e tudo. Suas bochechas estavam que pareciam as de um hamster, cheias de bolas de chocolate. Entre uma mastigada e outra, cuspia uma embalagem.

– Como você faz isso? – Aziza perguntou, as mãos na cintura e o queixo caído. – É impressionante...

Em segundos o conteúdo inteiro da abóbora desapareceu. Pesadelo soltou um sonoro arroto, jogou fora o recipiente vazio e esticou as facas num pedido mudo para serem trocadas novamente pelos ganchos.

Aziza balançou a cabeça em uma reprovação, mas obedeceu.

— Em três milênios nesta feira anual, essa é a primeira vez que isso me acontece... — ela riu, encaixando os ganchos nos pulsos. — Acho que nunca conheci ninguém como você.

Pesadelo sorriu e as duas trocaram olhares risonhos.

Com os ganchos de volta no lugar, Aziza ergueu o crânio com os doces e disse:

— Tá, dona comilona, ainda tem a sua "sobremesa"! Vamos achar um canto para você comer isso com calma. Vem, me segue, eu conheço um lugar bem legal! — passou o braço pelo de Pesadelo e a foi guiando pelas vias até chegarem em uma imensa árvore no centro da feira.

Era, de longe, a maior árvore do cemitério, tendo sido construída ao seu redor uma praça de paralelepípedos com direito a bancos de pedra. Esqueletos malabaristas e um duende cantando e tocando alaúde animavam o local cheio de transeuntes e barracas (*"...luzes artificiais, cadê a noite preeetaaa..."*).

A árvore, que mais parecia ter sido feita com cobras carbonizadas, via-se pesada de enfeites, luzes e criaturas. Um casal de vampiros se sentava em um galho enquanto três crianças, uma de cada tipo, riam juntas; um morcego bebia sangue em caixinha de ponta-cabeça na companhia de um globo ocular voador; um trio de fantasmas dividia um saco de pipocas e uma caipora roncava sonoramente, mesmo sob as risadas do Saci e da Mula Sem Cabeça de pé na praça.

Aziza parou com Pesadelo sob a árvore e disse:

— Posso te pegar no colo? — Pesadelo a encarou aturdida, um tanto encabulada. — Posso? Vou pular e pôr a gente lá em cima.

Pesadelo baixou os olhos para o balde de crânio.

— Se cair algum doce, pode deixar que eu pego.

Pesadelo ergueu a cabeça e assentiu, sorridente.

— Haha! Você é uma figura mesmo! — Aziza se aproximou. — Com licença — abaixou-se e a ergueu nos braços.

— Ah! — soltou a garota.

— Pronta?

Pesadelo assentiu, suas maçãs do rosto corando.

Aziza saltou e, como se controlasse a gravidade, guiou a trajetória na direção de um galho largo e alto, quase no topo da árvore. Sentou-se e depositou Pesadelo ao seu lado sem parecer fazer qualquer esforço.

— Aqui é um lugar especial que eu gosto de vir de vez em quando.

Não precisou explicar o porquê.

Dali, a feira inteira podia ser vista em toda sua extensão, cada barraca, cada colina, cada atração brilhando com sua luz própria. Um show se desenrolava ao longe, onde uma banda de esqueletos tocava com guitarras em forma de machado; uma roda-gigante de madeira e ossos girava lentamente; luzes mágicas flutuavam ao redor delas como bolhas de sabão do tamanho de melões; e a lua no céu brilhava em um verde-ácido bem no tom de Halloween.

Pesadelo estava sem fôlego.

O balde parecia ter sido esquecido no colo.

— Lindo, né?

Pesadelo assentiu lentamente.

— Normalmente eu fico aqui sozinha. Acho que você é a primeira pessoa que eu convido a me acompanhar.

Pesadelo a encarou e Aziza devolveu o olhar com um de soslaio, encabulada.

— Você é legal — a faraó sorriu, o rosto perdendo um pouco a palidez. — Fazia tempo que eu não me divertia assim.

Pesadelo tinha no rosto uma expressão de afeto. Baixou então os olhos para o balde, espetou o gancho numa embalagem de caveira de chocolate e a ofereceu a Aziza.

— Ah, para mim? — a faraó exclamou.

Pesadelo assentiu.

– Tem certeza? Você gosta deles bem mais do que eu.

Pesadelo fisgou uma embalagem igual com o gancho da outra mão, abriu-a com os dentes e comeu o conteúdo com uma expressão de teatral prazer, como quem diz "olha que delícia".

Aziza sorriu e disse:

– Haha, então tá bom... Se você insiste – e puxou o doce do gancho. – Faz tanto tempo que eu não como nada... tipo... há uns mil anos? – tirou o chocolate da embalagem e o jogou na boca. – Hm! *Hmmmmm!* 'Noffa, é bom mesmo! – Pesadelo sorriu. – Se eu soubesse que era gostoso assim, tinha comprado mais! Posso comer outro?

Pesadelo a entregou mais um e pegou outro para si. As duas abriram suas respectivas embalagens e jogaram os doces na boca ao mesmo tempo.

Aziza tinha as bochechas cheias e um sorriso no rosto que não dava desde tempos imemoriais.

– Garota... – disse ela mirando Pesadelo – eu acho que esse é o início de uma belíssima amizade!

3

Do topo da árvore, as duas saíram para o show, onde Aziza ensinou Pesadelo os passos de "thriller", dançando as duas com uma multidão de zumbis.

Em seguida, foram no túnel do terror, onde riram bastante e Pesadelo se encantou com um boneco animatrônico seu. Depois comeram maçãs do amor (sem vermes), passaram na barraca da Cuca para dar um "oi" à velha amiga de Aziza e foram dar uma volta no grande lago onde morava Iara.

Dali seguiram para a roda-gigante, onde deram de comer aos morcegos. Os animais se dependuravam nos ganchos de Pesadelo, sendo Aziza quem os alimentava com frutinhas. Depois inverteram, os ossos da faraó virando um estacionamento de ponta-cabeça e a garota trazendo as jabuticabas na pontinha do gancho.

Nas demais cabines, casais aproveitavam a lentidão do brinquedo para curtir um momento a sós, fato esse que não passou despercebido por nenhuma das duas. Muito pelo contrário. A visão da fantasminha e a zumbi ao longe trocando beijinhos pareceu particularmente sugestiva, gerando trocas de olhares encabulados entre a dupla.

Na saída, Aziza estendeu o braço para Pesadelo, que, após hesitar um instante, o rosto corado, o tomou para si. Passaram a caminhar as duas de braços dados, incapazes de impedir sorrisos enrubescidos.

As horas foram passando. Uma, duas, três, quatro... Meia-noite veio e foi e entraram na madrugada. Mas a diversão parecia não acabar. Não importava o percurso, a atração ou o menu, se iam para agitação ou um momento de calma, era a companhia mútua que dava as cores do momento.

— Ah, a gente precisa fazer o tour do festival! — Aziza convidou e Pesadelo pareceu radiante. — Venha, nobre donzela, eu serei sua guia!

Porém, ao chegarem na tumba de Mefistófeles, a atração mais próxima, a expressão de Aziza sombreou-se de leve. Parecendo consultar a si mesma por alguns instantes, a faraó falou devagar e com a voz densa:

— É aqui onde está o meu coração...

Pesadelo a mirou com surpresa e um tanto confusa.

Após um suspiro, Aziza explicou:

— Pouquíssima gente sabe disso, mas na verdade o meu coração está aqui, enterrado com o Mefistófeles. Ah, eu esqueci que você não conhece a minha história! — acrescentou diante da expressão da amiga. — Melhor assim, porque eu vou poder contar logo o que *realmente* aconteceu, em vez de ficar desmentindo besteira. Então, por volta de uns três mil anos atrás, tinha um ladrão que estava buscando a minha tumba, mas que não conseguia encontrá-la de jeito nenhum. Daí seu parceiro, que era um conhecedor de magia oculta, usou seus conhecimentos para libertar Mefistófeles e fazer um pacto com ele: sua alma pela localização do meu tesouro.

— O demônio cumpriu com a parte dele e deu a localização, só que o sujeito era esperto. Depois de achar o meu tesouro, tirou o coração mumificado do meu cadáver e o usou em um ritual para prender o demônio de volta, sem precisar cumprir com a parte dele do trato.

— Mas o safado se deu mal. Eu mandei pôr maldições em cada item do meu tesouro, inclusive nos canopos... Ah, sim, canopo é onde a gente guarda os órgãos da pessoa a ser mumificada. Como os órgãos têm muita água, eles apodrecem rápido, e como a decomposição gera gases, podem acabar inflando até explodir. É, é bem nojento... — adicionou ao ver a expressão de Pesadelo. — E se você explode, não tem como entrar nem no Duat, nem no Sekhet-Aaru, os dois reinos dos mortos. O corpo precisa estar intacto, entende?

– Enfim, o cara lá se deu mal. Foi expulso da ordem mística do qual fazia parte por ter usado as magias com fins egoístas, enlouqueceu e terminou miserável. Foi enterrado em uma cova qualquer com uma jarra de cerveja pensando ser um dos canopos.

Aziza suspirou.

– E por causa desse idiota eu estou presa à tumba de Mesfistófeles há milênios... Para onde ela for levada, eu vou junto. E como a mera presença desse demônio amaldiçoa a terra ao redor, o festival do Halloween (chamado inicialmente de Samhain) também faz parte do pacote. Nós três, eu, Mefistófeles e o festival, estamos presos uns aos outros pelos últimos três mil anos.

– O uso do meu coração como parte da magia para trancar o demônio me impediu de entrar no pós-vida e me manteve no mundo dos vivos, de onde eu não consigo sair. Se eu puser um fio de cabelo além dos limites da influência do meu coração, volto a aparecer em frente a essa tumba. Eu já tentei de tudo. Tentei cavar por debaixo do chão, tentei voar, explorei cada centímetro das fronteiras em busca de falhas... Tentei todo o tipo de magia... Nada.

Pesadelo a encarava com tristeza.

– Cheguei a pensar mais de uma vez em abrir a tumba e destruir o coração para terminar logo com esse sofrimento eterno, mas se eu fizesse isso libertaria Mefistófeles. Pedi ajuda à Cuca e até ao Fausto uma época, não sei se você já ouviu falar do cara (sujeito doidão)... Enfim, pedi ajuda para ver se a gente não conseguia remover o coração sem acordar o bichão aí, mas o máximo que deu foi usar a influência maligna dele para atender a alguns desejos simples.

– Depois dessa eu desisti e deixei para lá. Fui me arrastando noite após noite, anos após anos, por *trinta séculos*, sempre desejando desaparecer de vez... Só nesse cemitério eu conheço cada lâmina de grama, cada nome em cada lápide, cada rachadura, cada grão de poeira... E isso porque eu estou aqui há pouco mais de mil anos. Quando a tumba ficava no Egito, onde passou quase o dobro desse tempo, eu cheguei a contar cada grão de areia do terreno. Eu simplesmente não aguento mais...

Pesadelo passou o gancho carinhosamente pelo braço de Aziza e apoiou a cabeça em seu ombro. Aziza abraçou Pesadelo e fez um suave cafuné nos seus cabelos pretos. Removeu discretamente uma gota dos olhos, deu uma fungada e disse:

— Mas chega de ouvir as minhas tristezas! Vamos ouvir as tristezas *das outras pessoas!* A gente tem que curtir enquanto você ainda pode ficar aqui. Como é que funciona? O inferno te puxa de volta assim que nasce o sol?

Pesadelo assentiu.

— Ah, então vamos acelerar o bonde que temos só mais duas horas! Vem, que eu vou te mostrar o Olho da Bruxa!

E seguiram pela via trocando sorrisos.

Pararam mais atrás da multidão, onde a bruxa morta-viva dava seu show. Aziza explicou:

— Então, há uns cento e cinquenta anos, nasceu uma garota com um olho bem maior que o outro, daquele tamanhão ali mesmo. E, diz a lenda, ela podia ver o futuro das pessoas, mas só quando era tragédia.

Pesadelo ouvia com assombro, seu rostinho fascinado assistindo ao olho girar dentro do domo.

— Um dia perguntaram para ela se ela podia prever a própria morte e, de novo, *diz a lenda*, a garota parou, olhou para o nada... e morreu! Pois é, haha! Caiu dura de cara na mesa. Daí quando foram sepultar o corpo, essa bruxa roubou o olho e hoje eles dois ficam aí se exibindo.

Pesadelo enrugou a testa como quem diz "caramba..." e sorriu animada com a história. Aziza comentou enquanto desciam a rua em direção à próxima atração:

— Toda edição da feira morre alguém. Essa bruxa aí mesmo já morreu umas vinte e cinco vezes — e apontou com o polegar por cima do ombro, sem perceber que o Olho se voltara para o casal e começara a pular.

Aziza desviou o caminho para evitar a mansão dos Silvana (temerosa de trazer más lembranças a Pesadelo) e terminou onde se via um pedestal de madeira com a mão decepada de um primata apoiada de pé e apontando para cima.

— Essa é a Mão do Macaco. Ela te dá direito a cinco desejos, só que nunca de uma maneira que compense. Por exemplo, teve um cara que pediu para ser milionário e passou a jogar todo dia na loteria. Só que o dinheiro não veio do prêmio, mas sim como indenização depois da morte da sua família em um acidente de carro. Outro caso foi de uma moça que pediu para se casar e, pouco tempo depois, conheceu um cara. Só que o sujeito era... — Aziza hesitou. — Enfim, tiveram que usar a arcada dentária para reconhecer o corpo.

Pesadelo arregalou os olhos.

— Pois é... Tá vendo que a Mão tá marcando "um" nos dedos? Só tem o indicador de pé? Então, é porque ninguém conseguiu viver o suficiente ou teve disposição para pedir os cinco desejos até o fim. Teve gente que foi ter o pedido atendido depois de morto, inclusive, então... tipo... melhor nem chegar perto.

Pesadelo assentiu, um tanto impressionada com aquela mãozorra peluda, preta e enrugada, como uma luva de couro com dedos compridos demais.

O circuito do tour seguiu atração por atração até terminar no mesmo ponto onde começaram: na tumba de Mefistófeles. Pegaram então uma rua perpendicular, imediatamente em frente à tumba, e seguiram ao longo das barracas de jogos, onde o olhar de Pesadelo girou encantada com o tanto de opções.

– E aí, quer jogar alguma coisa?

Pesadelo assentiu, sua cabeça subindo e descendo vigorosamente.

– Haha! Então vamos! Em qual você quer ir primeiro?

Pesadelo apontou para o stand de arremesso de facas.

– Ahn... Tem certeza?

A garota assentiu novamente.

– Mas... como você vai...? – e se interrompeu diante do olhar confiante (e particularmente fofo) que Pesadelo a lançou, com direito a dancinha de sobrancelha e tudo. – Hehe, ok, então... vamos lá.

Chegaram no balcão e Aziza pagou uma rodada, seus olhos curiosos na amiga. O dono da barraca, um zumbi alto, forte e com máscara de hóquei, pôs na mesa cinco peixeiras e se afastou.

Aziza olhou dos facões para Pesadelo e de Pesadelo para o alvo, tentando imaginar como...

TOCTOCTOCTOCTOC!

Os cinco facões estavam cravados na mosca, um colado no outro.

O queixo de Aziza caiu.

– *UOU!* Como você fez isso?!

Pesadelo meramente sorriu, sacudindo os ganchos no ar numa dancinha. O zumbi da máscara de hóquei fez um joinha e apontou em silêncio para os prêmios.

Um minuto depois, seguiam as duas amigas pela via, Aziza ainda boquiaberta e Pesadelo alegre, segurando uma cabeça decepada de pelúcia nos braços, o zumbi da máscara de hóquei a assistindo se afastar, coraçõezinhos voando dele.

A próxima barraca foi a das argolas.

Novamente Aziza pagou a rodada e Pesadelo acertou todas no pilar mais distante, conseguindo o prêmio máximo.

— Por Amon-Rá! Você é boa mesmo! — a faraó estava em choque. — Gente, nunca vi alguém fazer isso!

Pesadelo sorria tanto que seus olhinhos se apertavam. Pouco depois sua cabeça exibia um chapéu fedora preto, além da pelúcia macabra nos braços.

E esse foi só o começo.

Tiro ao alvo, basquete com cabeças encolhidas, jogo da maçã (com "abobrinhas")... Aziza chegou a tentar competir uma vez com Pesadelo apenas para perder vergonhosamente. Riu de si mesma após jogar as bolinhas em todos os lugares, exceto nas órbitas do crânio, para a diversão da amiga.

Minutos mais tarde, carregava metade dos prêmios, já que Pesadelo não tinha mais como segurar tantos bagulhos.

— Como você conseguiu disparar as carabinas lá no stand de tiros?! Eu virei a cara um segundo e você acertou os cinco disparos de uma vez!

Pesadelo apenas deu de ombros, sorrindo, quase derrubando um chapéu roxo de bruxa, cheio de guizos, no topo de sua pilha.

— Vamos fazer uma troca: você me ensina suas habilidades e eu conto como a gente construiu as pirâmides, que tal? — sugeriu Aziza com sapequice.

Pesadelo riu e assentiu alegre. Depois gesticulou com a cabeça e o pouco que pôde com os ganchos na direção dos brinquedos.

— Ah, não se preocupe! — a faraó sorriu com gratidão. — É tudo seu! Eu não faço questão nenhuma.

Pesadelo moveu a cabeça e fez algumas expressões.

— Tenho, tenho certeza! Para mim, ter sua companhia já está sendo o melhor brinde! — seu sorriso se ampliou, o que fez com que Pesadelo sorrisse de volta um tanto emocionada. — Eu nunca me diverti tanto em toda minha vida! (Ou pós-vida...). Você é a pessoa mais legal que eu conheci em todas as 3.175 edições desta feira! Então, sério mesmo, pode ficar com tudo. Pense como uma troca. Eu entro com o dinheiro e você entra com a diversão!

Pesadelo sorriu, mas gesticulou de novo, seu rosto decidido. Aziza acompanhou atentamente os movimentos e, após pensar um pouco, respondeu:

– Tá, então faz assim: escolhe um brinde e me dá. Daí eu vou guardar ele para você até a gente se ver de novo! É a nossa promessa de reencontro para daqui a um ano.

Pesadelo assentiu alegre e, impossibilitada que estava de abraçar sua amiga, aproximou-se e encostou testa com testa. As duas pararam de andar e fecharam os olhos em um momento de afeto, porém ao erguerem as pálpebras, ao invés de se afastarem, uma força pareceu prendê-las no lugar.

Ambos os pares de íris vermelhas miraram-se mutuamente, as cores dos respectivos rostos igualando-se a elas.

Pesadelo e Aziza estavam com os narizes a menos de um dedo de distância. Se ainda respirassem, estariam sentindo seus próprios hálitos. As atenções recaíram na boca uma da outra, os rostos aproximando-se lentamente à medida que emoções ganhavam espaço.

Pálpebras desceram e lábios afrouxaram. A distância entre os narizes dimin...

– *Hahaha! Eu vou chegar primeiro!* – um menino esqueleto passou ao largo da dupla, assustando-a, seguido por um lobinho e um zumbi.

O esqueletinho e o lobinho passaram reto, mas o zumbi acertou em cheio Pesadelo nas ancas, empurrando a garota para o lado, derrubando os brindes no chão e perdendo a própria cabeça. O garoto caiu sentado, a cabeça rolando pelos paralelepípedos em meio às tralhas.

– Ai, foi mal, moça! – a cabeça falou. – Ei, corpo! Aqui! Não, para cá! – o corpo pegou o prêmio da barraca dos facões, colocou-o no pescoço e saiu andando. – Não! Espera! Você pegou a cabeça errada! – o corpo olhou em volta com a cabeça de pelúcia, voltou, trocou pela certa e saiu correndo. – Calma aê, eu tô ao contrário! *Eu tô vendo minha própria bunda! Para, seu corpo doido!*

Aziza e Pesadelo assistiram ao garoto sumir na multidão e então trocaram olhares. Riram por um segundo antes de desviarem os rostos, corando violentamente sob sorrisos abobados.

– V-você... ahn... Você está bem? – ao contrário de antes, a força que as atraía agora as repelia. Aziza teve que se forçar a encarar a amiga, que assentiu, embora parecesse achar o chão muito interessante. – Ahn... Pega aqui essas coisas que eu vou recolher o que caiu.

Os brindes foram trocados de braços, de Aziza para Pesadelo, porém sem que os olhares se cruzassem. Os rostos ganharam os mesmos tons de uma fornalha quando as falanges da faraó roçaram de leve o antebraço da garota.

Faltou pouco para fumaça sair de ambos os pares de orelhas.

Aziza, agora com as mãos livres, catou os brinquedos no chão e disse sem conseguir parar de sorrir:

– V-vamos, então? Tem mais... ahn... tem mais barracas à frente.

Pesadelo assentiu e seguiram adiante, as duas caminhando em silêncio com sorrisos encabulados no rosto.

Estavam passando em frente à barraca de dardos quando Pesadelo avistou o boneco do Jack Lanterna. Foi amor à primeira vista.

– Ah, não vamos nesse, não – Aziza se lembrou das cabeças cortadas e seus comentários afiados. Não queria que fizessem graça com sua amiga. – Tem outras barracas melhores para lá.

Porém, antes que pudessem se afastar, Faísca as avistou, pôs-se de pé e disse debochado:

– Ora, ora, parece que a "Madame Solidão" achou um par este ano! – o lobisomem dirigiu-se a Pesadelo:

— Ei, gracinha, não quer testar suas habilidades aqui, não?

Aziza apertou os lábios, mas sua amiga não se fez de rogada. Saiu saltitante até a barraca, depositou suas tralhas em cima do balcão e esticou os braços na direção da faraó.

— *Oh, uau!* Isso tudo são prêmios?! — o lobisomem se espantou ao ver a pilha de brinquedos se acomodar diante dele. Um chaveiro em forma de cabeça encolhida rolou e deu-lhe uma piscadela.

Aziza pôs sua bagulheira logo ao lado e respondeu enquanto trocava os ganchos pelos facões:

— Sim. Esses são os melhores prêmios de cada barraca que a gente passou. A Pesadelo aqui sou eu ao contrário: onde eu erro, ela acerta.

— Ih! A chefia agora tremeu nas bases! — zombou uma das cabeças e as demais riram. Faísca as encarou com rabugice.

— O broto é um pitelzinho, sabe fazer um cosplay de respeito e ainda humilha nas habilidades! — brincou outra. — Já dá pra casar!

— Chega aí, boneca! Aqui no meu nariz o prêmio é uma bitoca, hahaha!

Pesadelo e Aziza franziram as sobrancelhas diante dos comentários, mas um sorriso confiante logo se esboçou no rosto da primeira. Estalou o pescoço, encarou Aziza e assentiu uma vez.

Aziza sorriu de volta. Fez brotar uma moeda, bateu-a no balcão e encarou Faísca:

— Traz aí seus dardos.

Faísca pôs a moeda no bolso e os cinco dardos no lugar onde estava o dinheiro sem desviar o olhar.

Pesadelo sorriu, avaliando seus alvos.

— Não deixe a nossa lataria de Brad Pitt te distrair, boneca! — brincou uma cabeça particularmente apodrecida, mandando beijinhos, os dentes à mostra através da bochecha. — Aqui é tudo galã "papo cabeça", *hahaha!*

— Que mané Brad Pitt, rapá! Aqui é Boris Karloff!

As cabeças riram.

– Max Schreck! Isso, sim, era um homão da porra!

Outra onda de risadas.

– Nada! Christopher Lee é que é o cara!

Os zumbis riam e riam. Pesadelo encarou Aziza sem entender nada e a faraó sacudiu lentamente a cabeça como quem diz "só ignora". Faísca revirou os olhos, cansado.

– Aê, "cosplaysadelo", tua namoradinha do deserto é gata, mas a gente também é cheio de charme! – disse a primeira cabeça com uma piscadela.

Pesadelo e Aziza coraram violentamente ao ouvirem "namoradinha". Trocaram olhares fugazes e então desviaram os rostos para as fascinantes vigas de madeira da barraca.

– Ih, olha só! Hahaha! *Morangões!*

– Ah lá! As pombinhas estão com vergonha!

Faísca sorriu debochado e riu pelo nariz.

– *Tão na-mo-ran-DO! Tão na-mo-ran-DO! Tão na-mo-ran-DO...!* – as cabeças cantarolaram.

– Ignora a quinta série, Pesadelo – disse Aziza para a amiga, ambas cada vez mais encabuladas. – Mostra para eles como se faz.

– É, docinho! Mostra mesmo!

– Mostra tudo, hahaha!

– Mostra aqui pro papai aqui como você...

PÁ-TOC-PÁ-TOC-PÁ-TOC-PÁ-TOC!

As cabeças se calaram, as bocas abertas com as frases pela metade.

Quatro dos cinco dardos estavam cravados com perfeição ao redor da cabeça falante central, as pontas das agulhas fincadas na madeira e as laterais dos dardos encostadas na pele podre. A precisão foi tal, que um milímetro a menos e teriam atravessado a carne.

Pesadelo usara as lâminas como espátulas para jogar os dardos para cima e depois bater neles como num saque de tênis, um atrás do outro.

A garota sorria, o quinto dardo quicando na lâmina como uma bola de pingue-pongue, pronto para ser arremessado.

Aziza encarou um Faísca boquiaberto e ergueu uma sobrancelha arrogante.

— Muito bom — respondeu ele, lentamente — mas o alvo são *as cabeças*, não a madeira. Ela errou todas as tentativas, *dona fara*...
PÁ!

— *Eita!* — o quinto dardo estava cravado na ponta do nariz da cabeça central, cujos olhos envesgavam para encará-lo.

Faísca lançou um olhar surpreso, mas insistiu no argumento:

— Foi um bom arremesso, garota, mas ainda não vale. Os *cinco* dardos precisam estar um no nariz de cada.

Aziza chegou a abrir a boca para protestar, mas os zumbis tomaram a palavra:

— Ei! Nada disso! A "waifu do terror" já provou que é fodona! Deixa de ser mesquinho e dá logo o prêmio pra ela, ô, totó!

— É! Poupa a gente de ganhar uma narina extra!

— Eu sou lindo demais para terminar que nem o "Brad Karloff" ali!

— *Ei, nada disso!* — protestou Faísca, acertando seu chapéu coco no cocuruto felpudo. — As regras são claras! Tem que...

— *...mostrar que é fodão!* — cortou outra cabeça. — A garota fez o mais difícil, pô! Para de latir e dá logo o prêmio, cachorrão. O que tu quer ganhar, gatinha?

Pesadelo apontou para o boneco do Jack Lanterna.

— Pronto, chefinho, pega lá o cabeça de "abróba" e entrega pra ela!

— É! Deixa de drama e dá logo o prêmio! — os demais zumbis fizeram coro.

— *A barraca é minha e quem manda aqui sou seu, seus bando de podre!* — Faísca reclamou, furioso. — *Quem não gostar que ache outro emprego!*

Silenciosamente, Pesadelo se aproximou do lobisomem e o cutucou no braço.

— O que é?! — ele se voltou para ela apenas para vê-la gesticular com as lâminas na direção da sua pilha de brindes no balcão, depois apontar para o lobisomem e, finalmente, para o boneco do Jack Lanterna. — É o que?! Não entendi nada, garota. Por que você não fala logo em vez de ficar brincando de mímica?

Aziza se adiantou:

— Ela está querendo trocar todos esses prêmios pelo Jack Lanterna — explicou, seca. — Você já tem o valor da rodada e ainda vai ganhar de graça esse monte de itens para te servir de brinde em troca do boneco.

O lobisomem desanuviou a expressão, ergueu uma sobrancelha e perguntou:

— *De graça?*

Aziza mirou Pesadelo em consulta e a garota assentiu. Fez vários movimentos com as lâminas que ninguém pareceu entender, exceto a faraó.

Com o rosto um tanto emocionado, ela explicou:

— Ela disse que... que assim que nascer o sol, ela vai voltar para o inferno, então não vale a pena levar consigo esse monte de coisas. Disse que... — Pesadelo continuava a gesticular — ...disse que não tem valor para ela e que ela quer só o Jack Lanterna mesmo.

O lobisomem coçou o queixo lupino, avaliou as tralhas no balcão, revirou o chapéu de bruxa com os guizos como quem o avalia e disse:

— Hm... tá bom. Trato feito — pegou o Jack Lanterna e entregou para Pesadelo, que sorriu radiante.

— Viu, só, ô cabeça de pelúcia! — ralhou um dos zumbis. — Nem doeu!

— É! E ainda deixou a "Eduarda, Mãos de Peixeira" toda alegre!

— Vá, menina! Vá e siga seus sonhos!

— Vá e seja *"filiiiiiiiz"!*

As cabeças riam e riam. Faísca e Aziza pesaram as pálpebras em reprovação enquanto Pesadelo revirava o boneco usando a lateral das lâminas para evitar cortá-lo, seu rosto radiante.

Saiu caminhando rua afora seguida por Aziza, deixando para trás as cabeças falando besteira e Faísca avaliando os brindes. Terminaram as duas em um trecho menos movimentado da via, onde Pesadelo parou e entregou o boneco para Aziza.

— Para mim?! — ela se espantou ao receber o brinquedo em mãos. — Esse vai ser o nosso prêmio?

Pesadelo negou com a cabeça e gesticulou explicando, as lâminas apontando para o colar com o Hamsá e em seguida para a bandagem fresca em seu braço. À medida que falava, mais o lábio inferior de Aziza tremia. Por fim, a faraó olhou para o boneco com carinho, as lágrimas pingando no rosto de abóbora.

Sua boca então se contraiu em decisão. Limpou o rosto com os ossos do pulso, prendeu o brinquedo entre os joelhos, segurou o rosto de Pesadelo entre as mãos e, sem qualquer hesitação, puxou-a para si em um beijo na boca.

Pesadelo arregalou os olhos, mas somente até as borboletas em sua barriga levantarem voo. Assim que entendeu o que estava acontecendo, deixou-se levar e devolveu o ato com efusividade, um tanto perdida no começo, mas logo pegando o jeito.

O mundo ao redor sumiu; o som da feira, os transeuntes, a música... tudo sumiu.

Só o que existia eram elas duas.

Nunca a escuridão dos olhos fechados foi tão colorida. Era como se cada memória daquela noite fosse um fogo de artifício explodindo nas cores do arco-íris, o corpo de cada uma prestes a estourar também, incapazes de conter a emoção.

As meras onze horas em que se conheciam pareciam tão, mas *tão* densas, que dobravam o tempo e o espaço e as puxavam em inexorável atração. Se perguntassem há quanto tempo se conheciam, número nenhum seria capaz para expressar a química entre elas.

Aziza passou um braço ao redor da cintura de Pesadelo, segurou sua nuca com a outra mão e seus corpos se inclinaram. A garota retribuiu o gesto envolvendo a faraó com seus antebraços, as lâminas incapazes de feri-la, suas costas dobrando-se de leve para trás, uma perna tendo que recuar para não caírem as duas no chão.

Um minuto. Uma hora. Uma eternidade. Nem Aziza, nem Pesadelo souberam dizer.

Beijavam-se como se uma delas pudesse ser sugada para o inferno assim que o sol nascesse.

Quando finalmente os lábios se separaram, o olhar de uma encarou o da outra, os narizes próximos e as testas unidas.

– Eu nunca conheci ninguém como você – sussurrou Aziza, e Pesadelo sorriu, seu rosto emocionado. A garota fechou os olhos e uma lágrima pingou. Aziza a abraçou com força.

– Eu nunca pensei que fosse gostar tanto de alguém em tão pouco tempo. Eu... eu não quero ter que esperar um ano para te ver de novo...

Pesadelo apoiou a cabeça no ombro de Aziza em concordância.

Quanto mais deixavam o que sentiam uma pela outra ganhar espaço, mais sentiam as gargantas apertarem diante da perspectiva de separação. E quando Aziza tentou aplacar a dor, percebeu que não podia fazê-lo sem ferir o que sentia por Pesadelo. O que pareceu intensificar ambas as emoções com ainda mais força.

Quando pararam de chorar e se separaram de vez (os dois pares de olhos úmidos), a faraó disse:

– Como a gente não tem muito tempo, eu quero perguntar logo para saber sua resposta.

Pesadelo pareceu curiosa.

– Você... – Aziza fungou e sorriu. – Você quer ser minha namorada?

O rosto da garota se iluminou. As covinhas na pele úmida refletiram as luzes ao redor e o "sim" veio em um sacudir efusivo de cabeça, gotas voando. Aziza riu feliz e segurou os antebraços da sua nova namorada, ambas sentindo o contato uma com a outra.

Miraram-se com carinho e estavam prestes a se beijar novamente quando...

– *AAAAAAAH!*

...um berro virou a cabeça de todos na direção da barraca dos dardos.

4

O berro não veio de dentro da barraca, mas de duas figuras em frente a ela apontando para as cabeças cortadas.

– Eu disse que eles não eram zumbis! – disse uma das cabeças.

– Mas nem precisava, né! – retrucou outra. – Desde quando zumbi é feito de lama?!

– ...E usa chapéu de bruxa com guizos?

– Ei, vocês! – Faísca gritou para a dupla diante da barraca, que pulou no lugar. – O que diabos dois humanos estão fazendo aqui?! E ainda roubando meus produtos!

De onde estavam, Aziza e Pesadelo tiveram que apertar os olhos para entender o que estava acontecendo. O que antes pareciam ser dois monstros de lama, agora ficou claro ser o casal do início da noite em uma tentativa patética de se disfarçar.

– *Eles ainda estão aqui?!* – Aziza se espantou e Pesadelo enrugou a testa, tão surpresa quanto.

– *CORRE, GATA! ELE VAI MATAR A GENTE!* – o garoto correu, puxando a namorada pela mão.

Ahn?! – Faísca franziu o rosto. – Eu não vou matar ninguém, seus loucos! – mas a frase alcançou somente a fumacinha deixada para trás.

A dupla desceu desembestadamente a rua aos berros, lama pingando por todos os lados, folhas e galhos escorrendo pelos seus corpos, o chapéu de bruxa caindo no chão ao som dos próprios guizos. Todos pararam para assistir à cena, transeuntes e donos das barracas, esses últimos se inclinando nos balcões ou saindo para o meio da rua.

De repente, parte da sujeira escorreu no rosto do garoto e ele gritou:

— *ESTOU CEGO! ESTOU CEGO! VOU MORRER!*

Aziza ainda conseguiu tirar Pesadelo do caminho a tempo de evitar um encontrão, mas não o suficiente para evitar que o rapaz esbarrasse em uma das lâminas.

— *AAAAI! ESTÃO ME ESFAQUEANDO! EU VOU MORREEEER!*

Sangue desceu pelo antebraço enquanto o doido avançava berrando às cegas na direção da tumba de Mefistófeles.

Aziza arregalou os olhos:

— *Por Anúbis, espera!* — a faraó saiu correndo atrás do casal, quase tão desesperada quanto, o boneco de Jack Lanterna firme debaixo do braço. — *Para, moleque! Não toca na tumba!*

Pesadelo não entendeu nada, mas acompanhou a namorada, correndo em seu encalço.

Aziza não foi a única a se preocupar. Alguns dos transeuntes, parecendo cientes do que estava para acontecer, tentaram impedir o garoto.

Um zumbi o agarrou pelo braço, mas o braço do próprio zumbi descolou, ficando preso no rapaz.

— Ô, porcaria...

Um fantasma pôs o pé na frente, na tentativa de fazê-lo tropeçar, mas falhou.

— Droga... — disse ele vendo o casal atravessar sua perna como se ele fosse... bem... um fantasma.

— *Alguém segura esse idiota!* — berrou Aziza, e um esqueleto se pôs na frente, apenas para ser atropelado, ossos voando por todo o lado.

— Ainda bem que eu sou bom com quebra-cabeças... — disse o crânio no chão.

— *Droga!* — Aziza acelerou, mas era tarde demais.

O garoto atingiu a tumba com tanta força que seu tronco dobrou e bateu na tampa de pedra, sujando-a com o sangue do braço.

Aziza freou e Pesadelo parou ao seu lado.

Assim como elas, a multidão ao redor se dividia entre quem sabia o que estava para acontecer e quem não fazia a menor ideia do perigo. A diferença nas expressões era gritante. Uma metade tinha os rostos entre rindo e confuso, a outra exibia olhos arregalados de terror.

O garoto caiu no chão, aturdido, sua namorada freando logo atrás dele.

O demônio que apresentava a história de Mefistófeles saiu todo despreocupado de um banheiro próximo, cantarolando ao som da descarga, até se deparar com a cena. Quando viu o sangue ser absorvido pela pedra como se fosse uma esponja, seus olhos se esbugalharam e ele gritou:

— **FUUUJAM!** — e saiu correndo.

Houve um instante de silêncio e tensão. Alguns transeuntes o imitaram, outros congelaram no lugar, a metade confusa olhando sem entender onde estava o perigo.

Foi então que começou.

Luzes brotaram das frestas entre a tampa e o sarcófago, como se o sol estivesse tentando nascer dali de dentro. Quem ainda não havia corrido, correu. Quem estava na dúvida, recuou.

Aziza pegou Pesadelo pelo braço e a afastou para trás. O casal humano, ao ver as luzes cada vez mais fortes, levantou-se e saiu aos berros festival afora.

A luz parecia fazer pressão, brilhando com cada vez mais força, a tumba vibrando, trepidando, até que...

BUM!

...a tampa foi lançada ao ar por uma coluna de fogo, feito a saída de um foguete. Caiu ao longe com um estrondo e labaredas passaram a dançar dentro da tumba.

E então, lentamente, uma criatura de pele preta como a noite forçou sua saída, emergindo membro a membro.

Primeiro, braços enormes e musculosos se esgueiraram para fora. Mãos imensas de unhas afiadas se apoiaram no chão e fizeram força. Chifres emergiram, acompanhados por uma cabeça careca sustentada por um pescoço que parecia brotar das orelhas de tão largo. Por fim, deslizou o tronco de um fisiculturista, cada fibra, cada músculo inchado e firme.

À medida que Mefistófeles saía, a tumba rachava, partia-se em pedaços, o chão rasgando feito solo vulcânico, abrindo espaço para o corpulento tronco do demônio.

Asas de morcego se desfraldaram de supetão assim que se viram livres, soprando um vento agourento pela rua. Tamanha foi sua força, que derrubou boa parte dos transeuntes, arrancou a decoração ao redor e destruiu as barracas mais próximas.

Aziza e Pesadelo, assim como vários outros, ergueram os braços diante do rosto para se proteger e tiveram que se apoiar na perna de trás para não caírem.

Uma névoa fumacenta igual a gelo-seco passou a brotar por entre as rachaduras do solo e escorreu pelo chão, tão densa que escondia pés e paralelepípedos. Como as águas de uma nascente, transbordou e ocupou todo o cemitério sem se importar com nada. Barracas, mausoléus, árvores, colinas, vales... a névoa seguiu como um tsunami.

À medida que se espalhava, um exército de esqueletos cobertos por carne queimada emergiu do fundo leitoso, armas em punho. Exibiam chifres na testa, espinhos na linha da mandíbula e supercílios, caudas articuladas com pontas em seta e pés de garras. Nas mãos de três dedos, viam-se machados, lanças ou tridentes.

A bruxa-zumbi agarrou o domo com o Olho da Bruxa ao se ver cercada pelo exército e apontou sua varinha ao redor. Faísca puxou um machado escondido sob o balcão e foi se postar de costas para as cabeças na parede, como que para protegê-las. O esqueleto de cartola e fraque diante da mansão dos Silvana puxou uma bengala, pronto para se defender dos "mefistomínions". Wanderley tinha um arpão gigante em mãos, cheio de limo e algas, a névoa descendo e deslizando por cima do seu lago. O exército de esqueletos-demônios parado na margem o encarava.

O corpo de Mefistófeles estava exposto somente da cintura para cima, como se brotasse da caldeira de um vulcão. Era tão massivo e gigantesco que qualquer um na feira podia vê-lo sem qualquer esforço. A sua tumba e as demais ao redor haviam sido obliteradas, sendo o terreno ao redor reduzido a rochas pretas e magma incandescente.

– *__Ah! Finalmente!__* – sua voz reverberou e ele se espreguiçou todo, esticando braços que faziam as árvores parecerem palitos de dente. – *__Como é bom estar livre__* – em sua boca reluziam dentes afiados e seus olhos estreitos brilhavam em amarelo. Virou a cabeça de lado com um sonoro estalo e massageou a parte de trás do pescoço.

– *__Gaspar, aquele persa maldito... Espero que esteja morto para que eu possa lhe devolver o favor quando encontrá-lo no inferno__* – disse irritado para ninguém em específico.

Alongou ombros, braços e pescoço e olhou em volta. Viu a multidão tensa, impossibilitada de fugir pela presença do exército, e sorriu:

– *__Ah, então era daí que estava vindo toda essa barulheira! Haha! Meus pequenos súditos__* – ele gesticulou na direção dos visitantes da feira. – *__Meus escravos!__* – seu sorriso expôs cada canino. Abriu os braços como um imperador que se apresenta ao seu povo e disse:

— *Curvem-se! Curvem-se perante seu novo senhor e serei benevolente com vossas almas!*

Os esqueletos-demônios avançaram um passo em sincronia, estocando o ar com suas respectivas armas na direção dos monstros mais próximos, que recuaram na mesma medida, as mãos erguidas. Um homem sapo de kimono levou um espetão de uma lança no traseiro, coaxou e deu um pulo para a frente. Um demônio gordo e baixinho agarrou a própria cauda em seta, temeroso de ser pego pelas costas. As três crianças de antes se abraçavam; o garoto zumbi sem saber para onde ir, sua cabeça ainda ao contrário.

— *Ei!* — Aziza chamou firme e todos olharam para ela. Pesadelo arregalou os olhos. — *Ei, morcegão!* É com você mesmo que estou falando! Você tem algo que me pertence!

Mefistófeles piscou, olhou em volta e então baixou o rosto como se um inseto estivesse falando com ele. Ao ver a faraó, seu rosto se abriu em um sorriso cruel.

— *Ah, olá, Aziza! Acho que nunca fomos devidamente apresentados.*

— Pois é, culturas diferentes, franquias diferentes... Enfim. Eu queria meu coração de volta, se não for pedir muito.

Mefistófeles fez uma teatral expressão de surpresa.

— *Ah! Então é você a dona disso aqui?* — e, num golpe, cravou os dedos entre os próprios peitorais musculosos, bem na altura do esterno, descendo a mão carne adentro até o pulso. Quando a puxou de volta, tinha entre as unhas afiadas do indicador e do polegar o que parecia ser um coração envolto em gaze, circundado por um halo luminoso.

— Sim, isso é meu *e eu quero ele de volta.*

Mefistófeles revirou o coração para cá e para lá, como se ele fosse um grão de poeira.

— *Hm... Tem certeza?*

— *Tenho* — o chão ao redor de Aziza começou a brilhar, um vento vindo do nada abriu uma clareira na névoa sob seus pés e soprou seus cabelos para cima.

No mesmo instante em que os paralelepípedos voltaram a ficar visíveis e os esqueletos-demônios recuaram, os cabelos e pele da faraó voltaram às cores originais. Os fios desceram do verde até atingirem a cor do piche enquanto a pele ganhou o tom negro típico dos povos do Nilo. O que antes era carne sombria, agora se transformava em bandagens brancas. O que antes eram coluna vertebral e caixa torácica expostas, agora se fechavam com pele morena em uma barriga lisa. Onde antes havia ossos amarelados, agora havia dedos e unhas em uma mão delicada, porém firme.

Uma saia curta e um cropped cruzado brancos fecharam o modelito junto com sandálias douradas, um colar com a cruz ansata e um cetro em forma de gancho, parecido com o de um pastor de ovelhas. O boneco do Jack Lanterna estava debaixo do braço livre.

Pesadelo tinha os olhos do tamanho de pratos, espantada com a transformação. Diante das novas curvas da namorada (e da piscadela que recebeu), a garota corou violentamente.

Aziza passou o cajado para o braço segurando o boneco e puxou Pesadelo pela cintura para perto de si assim que uma estranha areia amarela começou a brotar por entre os paralelepípedos, atapetando toda a rua e desfazendo a névoa.

Mal os esqueletos-demônios e os visitantes da feira se recompuseram, erguendo os pés para não os terem soterrados, assim como Mefistófeles invocou seu exército, Aziza trouxe o seu.

Das areias do deserto emergiram dezenas de soldados, três metros de altura cada um, com cabeças de Anúbis, corpos de obsidiana e gaze como roupa. Alguns carregavam escudos de bronze e khopeshs — a espada curva dos egípcios — enquanto outros usavam arco e flecha.

— *Entregue meu coração e volte ao círculo do inferno de onde você saiu que todo mundo sai ganhando* — ameaçou Aziza, seus olhos de íris castanho-avermelhado faiscando com determinação. — *Não me force a entrar em combate.*

Mefistófeles moveu a cabeça em sarcástica imitação de uma reflexão e disse:

— **Hm... Desculpe, mas acho que não vai dar, dona faraó. Depois de três mil anos servindo de lacre para minha bela "persona", seu coração está agora "amaldiçoadamente" ligado a mim. O que significa que devolvê-lo a você me seria potencialmente fatal. Quanto à segunda parte da sua oferta, se você quiser que eu volte ao inferno...** — Mefistófeles fez do rosto uma carranca — **... Lúcifer que venha me buscar!**

Aziza estalou a língua e Pesadelo a encarou, preocupada. Ninguém na rua respirava (fosse por opção ou não). Faísca, as três crianças, o zumbi da máscara de hóquei e os demais visitantes da feira assistiam à cena, tensos.

— Acho que estamos em um impasse, então — disse Aziza, uma gota de suor descendo por sua têmpora. — Porque eu não vou te deixar escravizar ninguém.

— **Ah, é?** — debochou o demônio, sua cabeça virando meio de lado. — **E é você quem vai me impedir?**

— Pretendo.

— **Isso vai ser interessante...**

— Em vez de brincar de vilão de desenho animado, por que você não passeia por aí, come alguns doces, visita alguns pontos turísticos...? Chama teus amigos esqueletos para virem junto — Aziza apontou para o exército das trevas. — Eles vão curtir.

Mefistófeles riu.

— **Você é engraçada, Aziza, eu devo admitir. Mas eu acho que a senhorita cometeu um equívoco: não existe nenhum impasse. Seu showzinho foi impressionante,** *com esses soldadinhos de cabeça de cachorro, e a proposta dos doces foi boa (quem sabe eu até não pego uns caramelos para mim mais tarde), mas eu ainda sou quem sou e você é apenas um inseto perante meu poder.*

— Cuidado que tem inseto que pica *e eu posso ser bem venenosa* — Aziza bateu o cajado no chão e os arqueiros Anúbis fizeram mira com suas flechas na direção do demônio.

— *Ui, que menina má...* — Mefistófeles balançou os ombros em deboche, repôs o coração mumificado em seu peito e disse:

— *Eu tenho planos para com meu "mestre" Lúcifer. Todo esse contingente de monstros na feira, incluindo você, dona faraó, me serão de muita valia na guerra pelo domínio do inferno. Com isso posto, vou fazer uma proposta: jure lealdade a mim como minha general e lhe darei não apenas mais poder que jamais sonhou, como poderá viver feliz para sempre ao lado de sua namoradinha, todos os dias, por toda a eternidade* — Aziza e Pesadelo se entreolharam por um instante. — *Se quiser, posso até dar a ela mãos também, para que um dia você possa pedi-la em casamento* — e estalou os dedos.

As facas de Pesadelo de repente se tornaram pretas como uma sombra e se dividiram. Em vez de lâminas, a garota agora via uma palma e cinco dedos laminados se movendo sob seu comando.

Estava para sair do assombro para o encanto quando Aziza bateu o cajado no chão e a ilusão se desfez. As mãos estouraram em uma nuvem de fuligem com um "puf" audível, voltando a serem os facões de sempre.

— Não caia nessa, Pesadelo — Aziza encarou a namorada, que a mirou com certa frustração. — Se jurarmos lealdade, estaremos presas a ele *para sempre*. Mil, um milhão, *um quadrilhão de anos*, nada arranharia o que seria a eternidade a serviço desse monstro. Não se iluda. O preço a se pagar é caro demais.

— *O que é "caro" para vocês?* — Mefistófeles se voltou para Pesadelo:

— *Viver 12 horas por ano enquanto fica presa no inferno por 364 dias e meio?* — Encarou Aziza:

— *Ou estar presa a um coração enrugado? Vivendo um dia após o outro sem poder sair do lugar? Quem sabe "caro" signifique o que sentem uma pela outra? Um amor tão "caro" ao coração? Eu estou prometendo mais poder e mais liberdade que jamais sonharam, além de uma eternidade juntas. Tudo em troca de favores a mim, é claro.*

— Não. O que você está prometendo é uma escravidão em uma gaiola dourada.

— *Melhor que a gaiola em que estão hoje.*

Todos os que podiam acompanhar o diálogo o faziam com toda a atenção do mundo.

— Minha gaiola não me obriga a praticar crueldades. Não é como se seus planos com Lúcifer, ou com as almas em geral, se resumissem a um churrascão de domingo.

— *Não, mas a ideia do churrasco é boa.*

— O problema é a carne que você vai assar — rebateu Aziza. — Eu não vou deixar você transformar a Pesadelo em... ahn... um pesadelo. Ou dar pesadelos a ela... — Aziza franziu o rosto um segundo, reprovando o efeito das próprias palavras. — Você entendeu.

— *Talvez até demais* — disse Mefistófeles com escárnio.

Pesadelo gesticulou e Aziza respondeu:

— É verdade... tem isso também...

— *O que ela disse?*

— Que você é tão malvado que aquelas mãos de dedos laminados que prometeu a ela não ajudariam em nada a ir ao banheiro.

O rosto de Mefistófeles virou uma interrogação.

— *Eu não sabia que ela tinha necessidades fisiológicas... Eu posso dar a ela um porta papel higiênico no lugar das mãos, que tal?*

— E que tal não? E que tal a minha proposta de você sair daqui antes que eu mate você?

— *Você?! Me matar?!* — Mefistófeles quase riu.

— Quer ver como se faz?

— *Vocês vão realmente negar minha proposta?*

— Quer que eu desenhe?

Mefistófeles enrugou o cenho com irritação, os lábios contraindo e exibindo os dentes.

— *Sabe... uma parceria nossa teria sido interessante, mas já que o casalzinho negou meu acordo tão peremptoriamente, não há mais razão de eu deixá-las viver. Adeus* — e cuspiu fogo feito um dragão na direção das duas.

Foi tão rápido e inesperado que Pesadelo não teve tempo de reação a não ser abraçar sua namorada e tentar se proteger.

Porém, nada aconteceu.

Ao abrir os olhos, viu que o ankh brilhava firme e forte no peito da faraó, gerando um escudo mágico brilhoso em forma de pote que impediu não apenas o fogo de atingi-las, mas de se espalhar ao redor. As labaredas entraram e giraram dentro do campo de força feito vinho derramando em uma taça, sem ferir ou queimar nada nem ninguém.

Assim que Mefistófeles parou de soprar, espantou-se ao ver seu alvo intacto.

— *Como...?!*

Aziza não hesitou.

Bateu novamente o cajado no chão e uma chuva de flechas, cada uma do tamanho de uma lança, voou na direção do demônio, que gritou de dor quando se viu transformado em um porco-espinho às avessas. O séquito de esqueletos-demônios se voltou na direção de seu mestre, preocupado.

Uma desviada de atenção que custou caro.

Faísca foi o primeiro. Ao ver a iniciativa de Aziza, franziu o rosto e berrou:

— *PORRADA!* — saltou por cima do balcão e cravou o machado no esqueleto-demônio mais próximo. Mais soldados avançaram, porém foram sumariamente destroçados pela fúria lupina.

O zumbi do hóquei, vendo a cena, ergueu seu facão no ar em silêncio, destruiu o balcão da própria barraca e avançou também.

A família Frankenstein seguiu na esteira. O pai agarrou com cada mão a cabeça de um esqueleto-demônio e as chocou uma contra a outra, estourando-as feito bolas de cerâmica. Mãe e filho foram menos agressivos, mas tão eficazes quanto. Pegaram as armas dos caídos e partiram para cima.

Uma batalha campal se espalhou pela feira feito fogo de rastilho, onde quem pôde atacar o fez com ferocidade, os soldados Anúbis inclusos, cortando esqueletos-demônios enquanto os arqueiros atiravam mais flechas em Mefistófeles.

Wanderley cuspia jatos d'água, derrubando vários inimigos de uma vez só. Motoqueiro Fantasma tinha uns três presos em sua mãozorra enquanto batia nos demais com o martelo. A bruxa-zumbi voava na vassoura gritando "Abracadabra! Abracadabra!" enquanto explodia esqueleto por esqueleto com sua varinha.

— Pesadelo, vem comigo, eu preciso de cobertura! — Aziza invocou das areias um gato negro gigante, ornado com colar, pulseiras e um anel na cauda, tudo em ouro. Subiu em suas costas puxando a namorada junto. — Eu tenho um plano! *Vai, Amenófis!* — o gato miou e saiu galopando por sobre as barracas.

Mefistófeles rugiu, arrancou as flechas de si e cuspiu fogo novamente, destruindo quem ou o que estivesse no caminho, fosse do seu exército ou não.

— *AZIZA! VOCÊ PAGARÁ POR ISSO!* — e fez força para sair de seu vulcão como quem está enterrado na areia. Sacudiu o tronco de um lado ao outro até fazer emergir do solo o que parecia ser um joelho magro demais para seu volume.

Sim, era um joelho, mas era magro porque não era um joelho humanoide, mas sim equino.

Amenófis corria pela feira saltando pavilhões inteiros. Aziza e Pesadelo, de pé em seu dorso, defendiam-se dos esqueletos-demônios que conseguiam saltar nelas, as lâminas cortando-os com facilidade, o cajado desviando ataques.

Aziza jogou uma nuvem de escaravelhos de um portal luminoso na palma de sua mão, os insetos devorando os ossos demoníacos, enquanto Pesadelo parecia um liquidificador, suas peixeiras esquartejando sem dó.

As patas equinas lutaram para sair do solo, ergueram rochas, resvalaram, ganharam tração, puxaram o restante do corpo aos solavancos. Uma cauda de fogo se sacudiu, incendiando as barracas ao redor. Mefistófeles era um gigantesco centauro com seis patas, totalizando oito membros ao todo, cada casco de ferro afiado e cheio de espinhos, o corpo sem pelos feito de sombras.

– *AZIZAAAA!*

Aziza olhou por cima do ombro quando o grito a alcançou e disse:

– Ele tem razão, Pesadelo – sua namorada a encarou confusa. – Eu realmente não tenho como matá-lo apenas com meus poderes. Mas sei de algo que pode.

Pesadelo ficou preocupada com o tom da namorada e tentou perguntar o que era, mas suas lâminas estavam em constante atividade.

Vampiros, demônios, esqueletos, bruxas, zumbis e demais monstros em geral, todos lutavam contra o exército de Mefistófeles abaixo delas.

O centauro de seis patas finalmente se viu livre por completo. Os cascos derraparam, mas logo pegaram tração. Saíram galopando pela feira, esmagando quem ou o que estivesse no caminho.

– Vai, Faísca! Você consegue! – disse uma cabeça.

– Atrás de você! – disse a outra. – *Uuuh!* Quas…!

CRASH!

Um casco de ferro desceu sobre a barraca dos dardos, esmagando-a por completo. Faísca recuou, chocado, e olhou para cima, a barriga demoníaca cruzando o espaço acima dele.

Aziza viu Mefistófeles se aproximar e bateu o cajado em Amenófis. O gato gigante entendeu a ordem e saltou com força total em um arco que terminaria em cheio na rua do tour.

Com o súbito impulso, o casal dobrou os joelhos, quase caindo. Assim que se recuperou, Aziza se aproximou de Pesadelo, os olhos lacrimejando, a feira encolhendo abaixo delas a medida que os três ganhavam altura.

Pesadelo já estava surpresa com a sensação de falta de peso, seus pés balançando no ar, e ficou mais ainda sem reação quando, sem aviso prévio, recebeu um beijo na boca.

Amenófis cruzava o céu no auge da parábola, o casal sem peso seguindo na mesma trajetória, unidos, a pele humana de Aziza tocando a de Pesadelo, a lua ao fundo emoldurando-as...

Quando finalmente os lábios se separaram, Aziza disse, seus olhos vertendo lágrimas:

— Eu sei que a gente se conhece há pouquíssimo tempo, mas eu vou falar mesmo assim: *eu te amo*. Eu te amo e quero que você seja feliz – e entregou o boneco de Jack Lanterna para ela. No instante de confusa interrogação de Pesadelo, a faraó se voltou para sua montaria e ordenou:

— *Cuide dela, Amenófis!*

E pousaram.

O impacto fez Pesadelo escorregar do gato em direção ao chão, mas a boca felina a pegou no ar pelas ancas. A bunda da garota estava agora presa e seus braços e pernas, sacolejantes.

Aziza, por outro lado, freou a queda com sua magia, desacelerando como se o próprio ar a segurasse, até parar diante da Mão do Macaco.

— *Aaaaah! Aaaaah!* – era Pesadelo chamando-a. Aziza virou-se e viu a namorada chorando, tentando se soltar da bocarra do gato gigante, mas em vão. A cabeça de abóbora de Jack Lanterna sob seu braço sacudia com a agitação.

— *AAAAZIIIIIZAAAAAA!*

— *Sai daqui, Pesadelo!* — disse a faraó, seu rosto molhado de lágrimas. — *Sai logo ou você vai morrer!*

— *AAAAAAAH! AAAAAAAAAAH!* — a garota tinha o rosto contraído, braços e pernas se debatendo na tentativa de se soltar e alcançar a namorada, gotas salgadas voando, mas o gato seguiu as ordens. Deu meia-volta e fugiu.

Aziza se voltou na direção da Mão do Macaco e a agarrou bem na hora em que Mefistófeles chegou derrapando e destruindo barracas. Quem estava em seu caminho combatendo em solo foi sumariamente dilacerado.

— *VOCÊ PAGARÁ POR SUA INSOLÊNCIA, INSETO MALDIT... ARGH!* — uma nuvem de besouros seguiu na direção de seu rosto, entrando em sua boca e ouvidos. O demônio recuou, seus braços se sacudindo.

Aziza virou-se para a Mão do Macaco e gritou:

— *DESEJO MATAR MEFISTÓFELES!*

O último dedo se dobrou e a mão se fechou em um punho.

De repente, uma luz amarela vinda do alto banhou Aziza, chamando sua atenção.

VUUUUSH!

Chamas transformaram seus besouros em pó. Mefistófeles baixou o rosto na direção da faraó, torcendo o rosto em fúria enquanto puxava ar.

— *MORRA, SUA MALDITA!*

E soprou fogo novamente.

Pesadelo lutou para se soltar. Sacudiu o corpo feito uma minhoca sob o sol, mas nada funcionava. Foi só quando deu uma estocada de lâmina no narigão triangular que se viu livre.

Amenófis soltou um miado de dor, deu um pinote e começou a espirrar. Pesadelo despencou assim que a boca se abriu. Caiu de pé no chão, fez um rolamento para amaciar o impacto e correu com tudo (o boneco bem firme) na direção da namorada. Estando em uma rua mais apinhada de inimigos, foi cercada imediatamente por esqueletos-demônios.

Seus lábios se contraíram em um rosnado e a garota fez jus ao seu nome: na mais pura raiva, cortou os inimigos com a ferocidade de um verdadeiro pesadelo.

– *AAZAAAAAAH!* – ela gritou chamando a namorada enquanto avançava.

O fogo desceu da boca de Mefistófeles, seguiu como um lança-chamas na direção de Aziza, mas foi desviado novamente pelo pote mágico.

Dada a distância um do outro, o fogo voltou como água derramada rápido demais em uma taça e acertou o demônio no rosto, que rugiu e recuou.

Aziza arfou, cansada. Podia sentir seu poder se esgotando.

Será que o desejo funcionara? Estava para usar seu resto de fôlego para invocar mais soldados Anúbis quando ouviu:

– *AZIZAAA!* – não era Mefistófeles.

Um demônio vermelho, largo feito um armário, de cabeça em forma de crânio flamejante surgiu correndo.

– *Motoqueiro!*

— **PEGA!** – uma lança foi arremessada para ela.

...que a agarrou em pleno ar, assim que Mefistófeles se recuperou.

Aziza se preparou para um arremesso.

O centauro fez uma careta de ódio e puxou ar.

...mas a lança já havia sido arremessada.

Aziza mirou na cabeça, bem entre os olhos, mas ela já sabia qual seria o resultado.

Era o óbvio preço pelo atendimento do seu desejo.

A lança não ganhou altura suficiente. Não atingiria o rosto demoníaco. Aziza errara seu alvo por completo.

Mas errara *tanto* que atingiu precisamente o ponto exato para ter seu pedido atendido.

Sim.

Ali mesmo.

A lança desceu numa parábola e...

Mefistófeles recuou o corpo e derrapou os cascos quando seu peito foi atravessado, a ponta de ferro perfurando o coração mumificado. Ainda tentou arrancar a lança de si, mas sem efeito. Seus olhos logo se fecharam e ele tombou no chão, morto.

Infelizmente a faraó sentiu o impacto também.

Pôs as duas mãos no peito em um espasmo de dor e caiu de joelhos. Sua barriga se desfez, voltando a exibir os ossos, e uma das mãos se descarnou.

– *Pe... sadelo...* – ela sussurrou antes de tombar para o lado, molhando o chão com lágrimas.

:: 5 ::

Pesadelo debulhava os inimigos com mais eficiência que uma colheitadeira, ossos voando por todos os lados.

O que era impressionante, considerando que o fazia com um só braço. Jack Lanterna estava firme no outro, intocado.

De repente, quando estava para decapitar mais um inimigo, todos os esqueletos-demônios simplesmente se desfizeram, quicando os ossos pelo chão.

Os visitantes da feira sobreviventes, tanto combatentes quanto refugiados, olharam em volta, confusos.

Mas não a garota.

Com as bochechas voltando a encharcar, saiu correndo na direção de Aziza.

– *AAAZAAAH! AAAAAZAAAAAH!* – Pesadelo se esgoelava, sua voz aguda de desespero. – *AAAZAAA… Ui!*

Algo a atingiu nas pernas e costas. Algo grande. Seja lá o que fosse, jogou-a bem alto, feito uma panqueca. A garota estava acelerando em direção ao solo quando, em vez de paralelepípedos, sentiu pelo negro amaciar o impacto.

Ao abrir os olhos, reconheceu quem a atingiu e o que havia acontecido.

Amenófis a havia "narigado" para cima e pulado na sequência para que o auge de seu salto se casasse com o início da queda livre da garota. Mal o gato tocou o solo, Pesadelo se pôs de pé em seu lombo peludo feito uma surfista e Amenófis galopou na direção de sua mestra.

Não demorou muito para avistarem Aziza caída no final da rua com Motoqueiro Fantasma ajoelhado ao seu lado. Faísca, o esqueleto de cartola, o zumbi da máscara de hóquei, as três crianças e a bruxa-zumbi a circundavam.

Pesadelo fez uma careta de choro ao ver o estado da namorada. Das bandagens nos antebraços, ossos pretos brotavam e a barriga sumira, exibindo de volta as costelas e a coluna vertebral.

Alguns metros além, Mefistófeles parecia ainda pior. Seu corpo tombado sobre as barracas cruzava cinco ruas de uma só vez, soltando fumaça negra como se sublimasse.

Antes que Pesadelo pudesse chegar até Aziza, sem qualquer aviso, as pálpebras de Amenófis pesaram e ele desmaiou. Pesadelo sentiu as tripas levitarem quando as costas peludas sumiram de seus pés. O gato se desfez em uma duna de areia amarela ao atingir o chão e a garota rolou por ela sem muitos danos além de uns esfolados.

Levantou-se olhando ao redor, chocada, porém sua atenção imediatamente se voltou para a namorada. Sacudiu a areia dos cabelos, agarrou o Jack Lanterna semienterrado ao seu lado e correu.

– *Aaazaaa! Aza!* – a garota chegou derrapando ao lado de Motoqueiro. Aziza sorriu fracamente ao vê-la.

– *Pesa... delo...*

– *Azaza! Azaza!* – Pesadelo chorava copiosamente, dividida entre o desejo de abraçar sua namorada e o medo de parti-la em pedaços. As pernas da faraó haviam se soltado, sua espinha se partira ao meio e, lenta, mas inexoravelmente, ela se tornava areia. Motoqueiro pôs uma mãozorra carinhosa nas costas de Pesadelo, a palma indo das omoplatas até a lombar.

– *Você... trouxe o "Zé Jerimum"...* – brincou Aziza ao ver a namorada depositar o boneco no chão enquanto se ajoelhava. Pesadelo quis rir, mas os soluços a impediram. Motoqueiro, Faísca, a bruxa-zumbi... todos fungaram.

– *Aza...* – a garota inclinou o corpo e encostou testa com testa com a faraó, essa conseguindo reunir forças suficientes para uma última carícia no rosto da namorada com suas mãos de ossos negros. Ao redor, bolhas escuras subiam do solo como se algo sinistro evaporasse da terra.

— *Vocês... precisam chamar a Cuca...* — a faraó disse com esforço. — *Se... Se a maldição de Mefistófeles se esvair... todos os que... todos os que foram reanimados por ela ou existem por causa dela... vão desaparecer por completo.*

— **Droga, é mesmo!** — Motoqueiro mirou uma Pesadelo de olhos arregalados ao seu lado. A bruxa-zumbi e o esqueleto de cartola também pareceram preocupados. — **Pode deixar que nós vamos achá-la!** — o ferreiro se levantou e, junto com os demais (exceto Pesadelo), saiu correndo em busca de Cuca.

Assim que o casal se viu sozinho, Aziza disse:

— *Pesadelo... t-tire... as lâminas. R-rápido.*

Mesmo sem entender, a garota obedeceu. Puxou cada uma com os dentes e as jogou no chão.

— *Me dê... Me dê seus pulsos...*

A garota os apresentou e Aziza os segurou com as mãos. Concentrou-se e as bolhas negras mais próximas foram atraídas até o cotocos, fundindo-se uma a uma até tomarem forma. Diante de Pesadelo, o que antes eram dois cachos disformes de esferas, agora tomavam a forma do que pareciam ser as mãos carbonizadas mais intactas do mundo. Dois pares de dorso, palma e cinco dedos humanos pretos como se esculpidos em carvão.

Aziza sorriu diante da expressão de Pesadelo, a garota revirando as mãos diante de si testando os movimentos.

— *Ficaram... bem em você* — disse Aziza pouco antes de seus braços se desfazerem, deixando apenas o tórax e a cabeça.

Pesadelo torceu novamente o rosto em uma careta de choro e abraçou o que restou da namorada aos soluços. Primeiro, usou apenas os antebraços para segurá-la, mas, lembrando ter mãos agora, as apoiou uma nas costas de Aziza, a outra em sua nuca, aninhando-a contra si.

— *...É bom sentir você...* — Aziza sussurrou no ouvido de Pesadelo e, no instante seguinte, desfez-se subitamente em areia, deixando a namorada abraçando nada além de ar.

Ainda na mesma posição, a garota desabou em um choro copioso, transformando aos poucos o abraço no vazio em um abraço em si mesma.

As mãos trêmulas alcançaram os próprios braços, uma delas esbarrando no Hamsá, a outra sentindo a gaze de Wanderley. Uma explosão de memórias se expandiu dentro dela até sair pelos olhos, a areia entre os joelhos recebendo uma chuva de gotas, o corpo de Pesadelo convulsionando a cada soluço.

O mundo ao redor sumira. Não havia nada para ela além de lágrimas, areia e memórias.

E o boneco.

As mãos negras o puxaram desajeitadamente contra si em um abraço.

Estava tudo muito quieto, seu choro o único som, quando...

— *Garota do cosplay!* — era a voz de Faísca.

Pesadelo ergueu a cabeça.

— **Achamos a Cuca!** — Motoqueiro Fantasma apontou para o lado, onde se podia ver o lobisomem carregando a bruxa acima da cabeça como se fosse cobrar uma lateral.

Cuca tinha um corpo feminino um tanto gorducho, porém escamoso, e uma cabeça de jacaré de onde desciam longos e lisos cabelos loiros esvoaçantes em um corte similar ao de Aziza. Parte dos fios era trançada e cheia de enfeites de ouro. No pescoço, carregava uma série de colares do mesmo metal e, no corpo, um vestido branco.

Ao redor e abaixo dela corriam a bruxa-zumbi, as crianças, o esqueleto de cartola, o vampiro das abóboras com bombons, o zumbi da máscara de hóquei, Wanderley, o demônio de cavanhaque, o velho zumbi do olho caído e vários desconhecidos.

— Eu tenho pernas, cachorrão! — reclamou Cuca. — Eu consigo andar e correr!

— Não no seco, gata.

— *Eu só me pareço com um jacaré, seu lobo estúpido!* Me põe no chão!

— Pronto, chegamos — Faísca a desceu nos paralelepípedos. — Agora vai lá e salva geral! — um indicador apontou adiante.

— *Humpf!* — Cuca ajeitou seu vestido, sacudiu as madeixas e olhou em volta, avaliando a situação.

Viu Mefistófeles parecendo um cadáver em decomposição, fumaça negra subindo dos ossos expostos; viu a duna que antes fora Amenófis e, finalmente, viu a que fora Aziza.

Pesadelo havia se levantado, ansiosa.

— Abram espaço! — Cuca esticou os braços de dedos curtos e triangulares, seus braços grossos mostrando mais firmeza que flacidez. Mirou Pesadelo e ordenou:

— Chega aqui, garota, preciso de você — um indicador curto a chamou. — Vai, anda, filhote do inferno, que a gente não tem a noite toda. Chega aqui com a titia, rápido! — Cuca espalmou ambas as mãos diante de Pesadelo e explicou:

— Aproveita que tu tem mãos agora e entrelaça seus dedos nos meus — Pesadelo tentou obedecer, mas estava com certa dificuldade. Era a primeira vez na vida que usava dedos. Quando conseguia afastar dois, juntava os demais e vice-versa.

Humpf! — impaciente, Cuca pegou as mãos pretas e as entrelaçou ela mesma com as suas. — Me escuta, garota, eu preciso de um conduíte para... tanto faz o que é um conduíte — ela falou ao ver a expressão da outra. — O que importa é que eu vou usar tua ligação com o inferno e com a maldição do Mefistófeles para prender a energia dele aqui. Então fica quietinha e deixa a titia trabalhar, beleza?

Pesadelo assentiu.

— Tá, fecha os olhos e relaxa.

Pesadelo obedeceu e Cuca começou a entoar um cântico em uma língua antiga. No mesmo instante, um brilho surgiu no chão logo abaixo delas e seus cabelos esvoaçaram.

As bolhas negras pararam de subir e congelaram no ar, a fumaça parou de emanar do corpo de Mefistófeles e, lentamente, tudo começou a retroceder.

Como se o tempo fluísse ao reverso, as bolhas voltaram a mergulhar no solo enquanto o corpo do demônio se desfazia em milhões de bolhas, sendo em seguida absorvido pelos paralelepípedos. Todos olharam em volta em expectativa.

Quando a última bolha sumiu, Cuca parou o cântico, a luz se apagou e o vento cessou. O esqueleto de cartola, a bruxa-zumbi e mais alguns outros ao redor (fantasmas, zumbis, demônios...) suspiraram aliviados, inspecionando a si mesmos para se certificarem de que estava tudo no lugar.

Cuca abriu os olhos e checou o trabalho. Pesadelo a imitou.

– Ótimo! Hora de trazer minha velha amiga de volta – disse a bruxa soltando as mãos de Pesadelo e estalando os nós dos dedos.

Ao ouvir isso, todos arregalaram os olhos.

– **Você consegue trazer a Aziza de volta?!** – Motoqueiro foi o porta-voz e Pesadelo o avatar da emoção que correu pela plateia (Faísca tinha o lábio inferior trêmulo).

– Claro que consigo, rapaz, *ôxi!* – Cuca respondeu como se aquilo fosse óbvio, as mãos nos quadris. Virou-se para Pesadelo:

– Quer saber um segredo, garota? – Pesadelo a encarou, aguardando. – Meu nome original não é Cuca. Esse é só um apelido que o meu brother Saci me deu. Meu nome original é *outro* – e deu-lhe uma piscadela.

A bruxa abriu os braços e cada grão de areia que antes fora Aziza se ergueu do chão. Pesadelo olhou ao redor de si, confusa. Pegou o Jack Lanterna e o abraçou contra o peito.

– Eu e Aziza nos conhecemos há três mil anos, no dia do julgamento dela. Você conhece um bagulho chamado Psicostasia?

— embora Cuca falasse com Pesadelo, todos ao redor ouviam com interesse. — Quando um egípcio morria, seu coração era pesado em uma balança pelo meu brother Anúbis. Se o coração era pesado demais, eu o devorava, deixando a alma vagar pelo Duat e impedindo que o cabra seguisse para o pós-vida no Sekhet-Aaru. *SACI!* — Cuca chamou tão alto e tão de repente que todos levaram um susto. — *Saci, chega mais que eu preciso de você, meu garoto!*

Um redemoinho de vento surgiu caminhando pelas ruas, passou pelo grupo e, um segundo depois, o menino se materializou ao lado da bruxa, freando o giro com sua única perna. Tirou o cachimbo da boca e sorriu:

— Opa, minha nobre! E aí? O que posso fazer por essa minha velha amiga?

— Me ajuda a trazer a Aziza de volta para cá, 'fazfavô. Faz aí teus paranauê que eu preciso de um vento para juntar as areias.

— Xá comigo — e, de um salto, sumiu de volta em vento, puxando cada grão consigo. A coluna amarela de um minitornado tomou forma diante das duas, rebolando suavemente enquanto girava as areias.

Cuca se voltou para Pesadelo:

— Tua namorada… Vocês tão juntas, né? Ah, tá, beleza. Então, tua namorada não teve tempo de passar pelo "devido processo legal". Seu coração foi roubado antes de poder ser pesado pelo Anúbis e por isso ela sofreu um destino similar ao que teria acontecido caso eu tivesse destruído ele. Mas ao invés de vagar pelo Duat, ela vagou foi aqui, no mundo terreno, presa pela magia usada pelo Gaspar, o tal ladrão de tumbas. E agora, como o coração dela foi destruído de vez, ela foi apagada, sendo essas areias tudo o que sobrou do que um dia foi seu corpo, suas memórias, seu conhecimento, tudo.

Pesadelo arregalou os olhos, assistindo ao lado de Cuca ao redemoinho encolher e ganhar contornos.

— Eu não posso levá-la para o pós-vida no Sekhet-Aaru, pois só quem passou com sucesso no processo de pesagem é capaz de entrar lá. Mas eu pelo menos posso ajudar a escolher onde a alma vai vagar, se aqui ou no Duat. Como você foi pega por outra franquia, deixar a Aziza no submundo significa deixar cada uma de vocês em um cafofo diferente: uma no Duat, a outra no inferno. Você ficaria vendo capeta rebolar enquanto sua namorada vagaria por desertos infinitos, sem nunca mais se verem.

– Você ainda vai ter que voltar para o inferno quando o dia raiar, garota, mas pelo menos vocês vão se ver uma vez por ano – Cuca encarou Pesadelo e complementou ao ver sua expressão:

– ...Vai por mim, isso é melhor do que nunca mais.

O redemoinho de areia ganhou uma silhueta humana e, cada vez mais denso, foi desenhando os detalhes de Aziza. Cada grão seguia pelos contornos do corpo, dando os detalhes do rosto, roupa, cabelo até que...

PÁ!

...Cuca bateu palmas e o que antes era uma estátua dinâmica da faraó, agora se transformou na original, pele negra, saia, cropped e tudo.

– Eita! – fez Aziza bem na hora em que o Saci se materializou ao lado de Cuca, sumindo de vez com o minitornado. – Onde é que eu est... Ué? Cuca?

– É Ammit para você, amiga. Respeita minha história – Cuca (ou Ammit) respondeu com um sorriso enviesado.

– Você me trouxe de volta?

– Ué! Se quiser te apago outra vez.

– Não, eu... É que eu não sabia que você podia fazer isso...

– Nem eu sabia que você podia invocar gatos! A gente precisa conversar mais. Vou querer uns sete filhotinhos em troca da tua alforria – e sorriu com sapequice.

Aziza riu e mirou Pesadelo com o boneco no colo.

As duas sorriram e se aproximaram, os olhos marejados.

Sem perder tempo, apesar da plateia, esmagaram-se em um abraço forte, dessa vez sem o medo de que uma delas pudesse se desfazer. Do abraço veio um beijo apaixonado, sendo Pesadelo quem pôs dessa vez o boneco entre os joelhos para poder segurar o rosto da namorada entre as mãos.

— É bom aproveitarem mesmo — disse "CucAmmit" ao lado dos demais, cada um sorrindo diante da cena. — Já, já vai amanhecer — e virou o focinho para o céu, onde o breu abria espaço para o azul.

O casal ouviu e seguiu o conselho.

Beijaram-se deixando fluir tudo o que sentiam uma pela outra, plenamente cientes do que estava para acontecer.

A luz do dia foi crescendo e, pouco a pouco, a plateia se dispersou. Faísca voltou a ser um humano (bem peludo) de chapéu coco, suspensórios e gravata borboleta; cada uma das crianças fugiu para um canto; o esqueleto de cartola foi puxado para dentro da terra, assim como todos os fantasmas, zumbis e demônios, incluindo Motoqueiro Fantasma. Wanderley limpou uma lágrima e se afastou na direção do Bosque Sombrio com a bruxa-zumbi.

As abóboras se enterraram e a feira ondulou como um reflexo na água, sumindo logo em seguida.

O cemitério voltara a ser apenas um cemitério.

Ao longe, o casal humano girava ao redor de si, totalmente confuso.

Aziza e Pesadelo se viram sozinhas mais uma vez, o céu mais e mais claro, a lua cheia novamente próxima ao horizonte, mas dessa vez tocando o Oeste, prestes a se pôr.

As garotas se separaram finalmente e miraram o rosto uma da outra, lágrimas descendo, preparando-se para a despedida.

Pesadelo pegou Jack Lanterna e o entregou à faraó.

— Aziza — ela falou carinhosamente, pondo o boneco nas mãos da namorada, que apenas chorou. — Aziza…

As mãos de carvão deram uma última carícia desajeitada no rosto da amada, os lábios pousaram um beijo na testa coberta pela franja e os olhos vermelhos e castanhos miraram-se mutuamente uma última vez antes de Pesadelo recuar com um sorriso triste e acenar em despedida.

Aziza retribuiu o gesto no instante em que o sol nascia atrás da namorada, recortando-a contra o céu com seus raios dourados, as lágrimas da faraó reluzindo como diamantes à medida que caíam.

De repente, um rasgo se abriu no solo sob as sapatilhas boneca, puxando sua dona para o inferno em meio a uma rápida onda de labaredas. O rasgo se fechou imediatamente em seguida, como se nunca houvesse existido.

Aziza mirou o boneco na mão, gotas pingando no rosto de abóbora. Mirou o horizonte, na direção do sol nascente pintando de dourado as nuvens e um bando de pássaros em revoada matinal. Fechou os olhos e sentiu no rosto luz e lágrimas em igual medida.

O Halloween deste ano havia oficialmente terminado.

364 dias, 11 horas e 55 minutos para o próximo.